DEIXEI ELE LÁ E VIM

ELVIRA VIGNA

Deixei ele lá e vim

Copyright do texto © 2006 by Elvira Vigna

Capa
Kiko Farkas / Máquina Estúdio

Foto de capa
Mônica Vendramini / Sambaphoto

Preparação
Márcia Copola

Revisão
Andressa Bezerra da Silva
Roberta Vaiano

Os personagens e as situações desta obra são reais apenas no universo da ficção; não se referem a pessoas e fatos concretos, e não emitem opinião sobre eles.

Dados Internacionais de Catalogação na Publicação (CIP)
(Câmara Brasileira do Livro, SP, Brasil)

Vigna, Elvira
    Deixei ele lá e vim / Elvira Vigna. — São Paulo : Companhia
das Letras, 2006.

    ISBN 85-359-0903-6

    1. Romance brasileiro I. Título.

06-6154   CDD-869.93

Índice para catálogo sistemático:
1. Romances : Literatura brasileira   869.93

[2006]
Todos os direitos desta edição reservados à
EDITORA SCHWARCZ LTDA.
Rua Bandeira Paulista, 702, cj. 32
04532-002 — São Paulo — SP
Telefone (11) 3707-3500
Fax (11) 3707-3501
www.companhiadasletras.com.br

DEIXEI ELE LÁ E VIM

1

Meire está ali, de pé na minha frente. Sua cara é a única coisa que muda num mundo em que nada muda há muito tempo. Então acompanho cada músculo, é o que há para olhar. Ela tenta, com a bochecha que incha e desincha, a velha brincadeira sobre o aventalzinho. Porque é ridículo, o aventalzinho de babadinho. Mas tanto eu como ela já sabemos disso, e então ela pára.

Depois olha para meus peitos chatos. Ridículos, os peitinhos. Quase ouço: e quando é que vai aumentar esse siliconezinho, que, aliás, está torto?

Mas ela disse isso não faz muito tempo. Me pegou nua, saindo do banho. Então não repete.

Ficamos lá, só isso.

Lembro de cada coisa. Revivo. No fim, nada teve ou tem muita importância. É só uma história. Vai ver, é esta a história, a da falta de importância. Deve ter muitas assim, ninguém fica sabendo realmente o que aconteceu, nem se importa. Eu é que fico com isso na cabeça, acho que não há um dia em que não pense. Entre outros motivos, porque gosto de histórias, sempre gostei. Mas há os outros motivos.

Ficamos um tempo assim, então, eu e a Meire. Ela parada em frente à minha mesa, o restaurante vazio. Lembro da música ambiente. Tinha sempre. Tem sempre. Faz parte da suavização geral de tudo. Pena que não funcione. Não funcionava. Não teve nada suave, não tem.

Lá pelas tantas, ela pergunta:

"O que você está fazendo aqui?"

O que é algo difícil de responder. Em qualquer tempo e local. A velha pergunta sobre nós e o mundo. E o que o mundo está fazendo aqui.

Até então ela não havia olhado uma única vez para minha mochila esborrachada na cadeira. Ela tem disso, a Meire, uma força de vontade férrea. Não quer olhar, não olha.

"Jantar."

Chega um pouco para trás. Cara de ofendida. Vai ver ofendi. Sai, pega um menu. Volta.

"Semana Jorge Amado. Badejo à Gabriela. Camarão do Turco."

Aí também já é demais, e a gente começa a rir. Primeiro só uma risadinha, a cabeça baixa, disfarçando. Depois risadas incontroláveis. Depois a gente chora. Mas nessa hora ainda dava para dizer que o choro era de riso.

Não estou com fome, o badejo entra no quesito lazer. Sei lá há quanto tempo não como.

Badejo, então.

"Caro pra cacete."

"Foda-se."

Os palavrões rearranjam a cena.

Vem com pimenta, o badejo, e demora. Restaurante vazio, fogão apagado. Era tudo assim, nessa época, depois piorou.

Ruas escuras, vitrines atrás de portas de ferro, carros passando à noite só de vez em quando. Eu estava com o bolo de dinheiro no sutiã. O único dinheiro da cidade, afora o dos bancos, futucava minha pele toda vez que eu curvava as costas.

Meire senta numa pontinha de cadeira, está de serviço. Olha o badejo, eu também olho. Um retângulo marrom. Ponho a pimenta. Mais. Agora temos retângulo marrom com detalhes em verde. O verde brilha. Azeite. Pimentas vêm sempre em azeite. Não parece comestível não fosse o cheiro, nauseabundo, a dizer que, sim, é comestível.

Na mesma hora em que enfio o garfo na boca, Meire fala. É de propósito. Não posso responder com a boca cheia. Só falta saber com quem fica o de-propósito, se com ela a falar na hora em que encho a boca ou se comigo a encher a boca quando pressinto que ela vai falar.

"Então você vai mesmo."

Faço um sim com a cabeça. Depois acrescento mímica de muito quente, muita pimenta, muito espinho, ataque de epilepsia, qualquer coisa que justifique meu olho que lacrimeja e meu tempo, grande, até a resposta.

Acaba que engulo. E ainda assim não falo, só balanço a cabeça, sem dizer o que eu não ia conseguir escutar.

Ela se levanta, vai para a cozinha. Nunca deixa que alguém saiba o que está sentindo. (Nunca deixe.)

Esse é o primeiro momento em que fico sozinha no restaurante. Em que achei que estava. Naquela noite fiquei sozinha (ou achei que estava) algumas poucas vezes, e então aproveitei para olhar em volta com mais afinco, cadê o mapa, qualquer mapa. Sinal, seta, guarda apontando: é por aqui.

Aí notei o cara de meia-idade na mesa do canto. Bebe. Me olha. Bebe mais. Já devia estar lá desde a semana passada, o mês passado.

Estou na mesa mais perto da porta. Como sempre. Qualquer lugar que seja, e fico perto da porta, de costas para a parede. Nunca me protegeu de nada, mas continuo.

O cara de meia-idade então não estava muito perto. Uma desculpa por não tê-lo visto antes. Tenho outras. Já disse: não estava muito bem. Ou não disse. E mesmo quando estou bem. Presto atenção em algumas coisas e em outras não. Em geral escolho as que não me serão úteis.

Então, saiba: minha história tem falhas, buracos. E pior: vou preenchê-los.

Meire volta do jeito que foi. Tinha ido para a cozinha não porque houvesse algo a fazer, mas porque não queria ficar. Foi, olhou o cozinheiro fumar, limpar o nariz, palitar os dentes, limpar o ouvido com a ponta de um garfo, ler jornal, coçar a barba de três dias, os colhões de dois tamanhos, se suicidar com a faca de carne, apostar em cavalos. E depois, que remédio, volta.

"Estive lá, hoje", digo.

Ela me olha.

"Aquele negócio que eu ia ver, daquele carinha."

Continua a me olhar. Sei que se lembra, não quer é falar, quer me obrigar a dizer a frase inteira, ridícula.

"O cara do teste de cinema."

"Ah. E aí?"

"Furada."

Ela tinha dito, não vai, é furada.

"Ah. Furada? Que pena..."

E depois:

"Tem um pessoal desses, de filmagem, hospedado no hotel. Permuta. Não deixam um puto de gorjeta. Para ninguém. As mulheres são gostosonas, loironas."

"Loironas? Vai ver é a mesma equipe."

"São sempre loironas, ou você ainda não reparou?"

O que eu reparei é que o peixe caiu mal. A garfada, aquela, a única, parou no meio do caminho, e ameaça um retorno triunfal. Peço água.

"Água?"

"Água."

Meire ri.

"Com bastante gelo e limão?"

"Pode ser."

Ela ri mais.

"Na-ne-ni-no-não."

Que, se o gerente entrar e ver eu tomando vodca trazida de casa, ela está na rua. Meire não tem dúvida de que dentro da mochila está a vodca. Que eu, último dia, última passada em frente ao armário, afanei vodca e o que mais houvesse. Digo que não. Meire sempre me achou babaca. Eu também. Ela confirma, confirmamos.

"Duvido."

Abre minha mochila.

"Porra, tu é babaca mesmo."

E sai, em busca da água com gelo e limão.

Ou porque o cara da outra mesa está prestando atenção, ou porque às vezes acho que comer disfarça babaquice, o que só prova o quão babaca eu sou, ou porque, se há um peixe na frente de uma pessoa, é porque um vai comer o outro, o caso é que ponho nesta hora a segunda garfada na boca.

E, claro, não passa da garganta. Tenho de pôr ele para fora. Tem mais coisa para pôr para fora. Minha infância infeliz, a injustiça do mundo, o porquê de eu não ter nascido loirona. O negócio é eu fazer lista, distribuir senha, organizar o vômito. Ou partir para a ação, começar a resolver as coisas pelo peixe. Escolho o peixe. O problema é que Meire, de sacanagem, me deu serviço completo, pão, patê cinza, patê rosa, patê amarelo, picles e guardanapo de pano. O cara da outra mesa me olha sem curiosidade. Acho que ele sabe que eu tenho uma fila de coisas para pôr para fora, a começar por um peixe, e que não sou porca o suficiente para cuspir comida em guardanapo de pano.

Cuspo em guardanapinho de papel. Veio embrulhando os talheres, très chic. O cara observa. Foi esta nossa primeira relação, foi isto que ficou e que marcou todo o resto: eu cuspo peixe, ele me olha como se não esperasse outra coisa.

Meire largou minha mochila aberta. Fecho. Lá dentro não tenho vodca, mas tenho a chave do meu ex-quarto. Plano B. Qualquer coisa, volto. Não sei se ela viu, prefiro que não veja. Ela já volta com a água. Quando tomo, tomo sabendo que não é para tomar, que só vai piorar tudo. Piora. E piora mais ainda porque lembro de todas as coisas que já fiz na vida sabendo que só ia piorar e que fiz mesmo assim. Fiz, não, faço. Ainda faço.

No caminho para o banheiro passo pelo cara, que continua não esperando outra coisa além de me ver correndo na frente dele em direção ao banheiro.

Eu vomitava por qualquer coisa, naquela época. Acho que melhorei. Na verdade, não tenho certeza. Escrever isto não está me fazendo muito bem.

2

Ao entrar no banheiro, vomito primeiro peixe com pedacinhos verdes de pimenta. Depois uma gosma amarelada que não sei o que é. Dá para morar nos banheiros dos hotéis de turismo. Principalmente nos banheiros dos mezaninos, só usados em convenções ou eventos. Você leva um pequeno fogareiro elétrico para o café (a tomada fica no canto da pia), água já tem. Fica lá. No branco. Não é mau. De vez em quando, cantarola-se para passar o tempo. Baixo para que não escutem. Uma vida quase alegre.

Vomito, puxo a descarga, embora ache que tem mais coisa para sair. Sempre tem. Aquilo tudo que sempre tem e, neste dia, mais o banco de madeira onde passei a tarde.

Guardo o banco para depois.

Me sento no chão. No caminho de me sentar no chão, vejo o celular. Chego a pensar que é o meu, mas lembro que deixei o meu na cama, um tipo de devolução indireta para Meire. Não quis devolver pessoalmente, olha, o celular que você me deu, obrigada, de nada, bem, então tchau, tchau, smack, não quer levar o celular?, não, obrigada, leva, não, leva, não. Em cima da cama. De longe a melhor opção. Resolvo ficar com o novo e o enfio na cintura. As novas possibilidades que isso apresenta enfio nas sobrancelhas. Pelo menos elas, e mais nada, se levantam, auspiciosas, enquanto o resto de mim desaba até o chão, aonde chego depois de escorregar com as costas apoiadas na parede.

Fico lá sentada. No ladrilho em frente tem uma mancha, da cor aproximada da minha cara e do formato aproximado da minha cara, se minha cara assumisse que é um rodamoinho onde, vórtice, desaparecem papéis soltos, poeira, besteiras diversas e os peixes dessa vida. A mancha tem um olho só, mais ou menos no meio. Ele me olha. Mas não se decide se me olha do ladrilho da direita ou do da esquerda. Mexo um pouco a cabeça para ajudá-lo. Inútil.

Estou bem, ali. Posso ficar ali o resto da vida, eu e a mancha de um olho só. E ficaria. Ficaríamos.

Mas o banheiro, sem eu notar, encheu de gente. São meio transparentes, fazem um burburinho surdo que só aumenta. Consigo reconhecer uns caras que não via fazia séculos e outros que não via e não queria mais ver. E tem a Meire, que está contando o caso do meu tio.

"Diz que teu tio morreu."

E o resto ria. Um eu que fala sem mexer a boca responde: "Meu tio?"

E ela continua:

"É, porra, algum tio muito querido, teu padrinho, quase um pai."

Gargalhadas.

Que era para eu entrar lá, na sala do chefe, e dizer que

meu tio tinha morrido e se não dava para alguma coisa, qualquer coisa, essa parte não tinha ficado muito clara.

Entro. Já tinha chorado um pouco no telefone, ao dar a notícia para ela de que eu fora despedida. Ao entrar na sala do chefe, ele me olha. Nem era um cara mau. Desses meio que se enturmam, falam gíria, palavrão, você quase sente que é um dos teus mas sabe que não é, então as coisas sempre ficam assim, no meio do caminho, tapinhas nas costas, e aí?, tudo tranqüilo?, e uma piada, um comentário qualquer, porra, tu viu o cara que você elegeu?, ou qualquer outra coisa que acabe em como as coisas estão ruins e, se continuar assim, ele não sabe não.

Lembro que, quando entrei naquela sala, me deu uma gastura de estar lá de pé, o cara sentado, cara fechada, mais fechada ainda quando me viu, é claro, não queria e não contava com cenas de desespero. Começo falando que meu tio morreu. Ele faz uma expressão tão perplexa que tenho vontade de rir, e rio. Só que estou com os lábios tensos, fechados, e o riso sai pelo nariz, com direito a meleca à distância, que aterrissa na mesa dele. Ele fica impressionadíssimo. Ganho mais um mês de trabalho, além do mês de aviso prévio. E era isso, era essa a cena que fazia com que todo mundo risse, eu também, embora eu risse olhando o riso dos outros, para copiar, fazer igual, porque não me ocorria o que tinha de engraçado, ainda mais depois, findos os dois meses, quando descubro, à medida que dias e semanas passam e o dinheiro acaba, que não há muita diferença entre um mês e dois meses.

Eu fazia sites para os clientes (inexistentes) do cara. Cursei dois anos de computação. Minha família já foi de classe média, ainda acha que é.

Toda vez que sinto que vou chorar e não posso ou não quero, olho para o teto. Uma das vezes em que esse episódio da meleca é contado, rio, como esperam que eu ria. Rio até não escutar mais as risadas dos outros, olhos postos no teto da casa da Meire. Aí paro. O teto é de ripinhas, e começo a contá-las até que nos levantamos todos, Meire dando tapas nas almofadas e dizendo, vamos embora, ríspida como é o jeito dela. Quando passa por mim, diz, baixo:

"Sessenta e duas."

E me encara:

"São sessenta e duas ripinhas, ou você acha que nunca contei?"

E me dá um tapa nas costas, uma de suas maneiras de demonstrar afeto.

Até esta hora, no chão do banheiro, eu ainda não tinha posto as mãos no chão. Podia estar sujo, mesmo parecendo limpo. Mas quero. Gosto de um friozinho, quando não é na barriga. Eu tinha acabado de ter um frio na barriga. Outro. Estou falando do frio do celular quando o pus na cintura. Agora ele já tinha se incorporado ao meio ambiente (minha pele), e eu nem mais o notava. Ponho a mão no chão, e para isso paro de olhar a mancha de um olho só e os fantasmas que passam pelo meu nariz. E aí eu vejo.

Embaixo da porta da última privada, a única que fica em L em relação a onde estou, há uns pezinhos. São gordinhos e estão apertados num sapato de meio salto. E estão imóveis.

Nesta hora fico com a impressão de conhecê-los, de que são os pés de uma vizinha que eu tive, a que usava a medalhinha de santa Rita. Nos referíamos a ela como "a mulher da medalhinha". Um dia ela perdeu a medalhinha e passou vários dias andando por elevadores e portarias, mão no pescoço de quem foi estrangulada, dizendo: "Perdi minha medalhinha de santa Rita". Isso aconteceu há muitos milênios, antes de haver vida inteligente aqui neste planeta, quando a única coisa que existia era meu sexo recém-descoberto, eu, a babaca recém-juntada, pré-separada, eternamente babaca.

A vontade de vomitar tinha passado completamente. A água e o peixe deviam estar felizes, juntinhos em algum cano. Combinam. Ficarão bem, contanto que fiquem juntos. Já eu, tento nadar num leve cheiro de pinho, floral, lavanda, musk, dodecilbenzenossulfonato de sódio na fragrância campestre — um milagre de santa Rita que só noto neste momento. Que mundo agradável. Mas não dura, Meire mete a cara na porta.

"Você não está bem, não é?"

Meire às vezes é meio óbvia. Mas garanto a ela, com firmeza, que estou na verdade ótima. Confirmo com a mancha de um olho só. Ela também parece ótima. O olho agora está bem centralizado, vendendo estabilidade.

"O que você andou tomando?"

Digo:

"Água, coisa que sempre me fez mal."

"Antes."

Decido continuar sorrindo. A mancha também sorri, isto é, se alarga na parte de baixo do arredondado. Acho que o sorriso dela é mais largo que o meu e tento imitar. Aumento o meu. A mancha aumenta o dela. Revido. Mas ela vence. Quando olho outra vez para Meire, ela tem a sobrancelha franzida. Ainda me olha por uns instantes antes de fechar a porta sem dizer nada. Oh, christ, não estou nem um pouco bem. Quem sabe se eu vomitar outra vez alguma coisa. Ou tomar outra, também serve, mas deixei a mochila na mesa, merda.

Eu tinha andado muito, antes, naquele dia. Para lugar nenhum, que é meu logradouro favorito.

Ensinamento: quando se anda para lugar nenhum, é preciso estabelecer destinos secundários, falsos. Por exemplo, dizer para si mesmo: vou até aquele último posto da avenida, seguindo pelo contorno da praça. É mentira, e você sabe que é mentira, pois os destinos falsos se dissolvem à medida que você se aproxima deles. Você, na verdade, não vai para o último posto da avenida, vai para lugar nenhum. No momento em que fica óbvio que não é para lá que você vai, estabelece-se outro destino, um pouco mais além. Depois do quarto, quinto falso destino, acontece um fenômeno interessante. É um ajuste ótico. Quando o falso destino se aproxima em demasia, seu olho desprega dele, embora continue nele. O foco no falso destino como que se desloca à medida que você se aproxima. Seu olho flutua a bem dizer, desprega da coisa em si e cria como que um pontilhado, por cima. Nesse momento, o seu ir-em-frente não depende de mais nada, você adquire um destino perenemente ajustável, que se parecerá vagamente com viadutos, postos de gasolina, contas em banco, sucessos profissionais. Quando isso acontece, você passa a saber que não faz mais diferença por onde e para onde vai. Seu destino estará para sempre integrado com o que existir naquele momento. E no seguinte, e no seguinte, até você esquecer completamente da necessidade de saber para que lado é o em-frente.

Faz tempo, por exemplo, que nem penso mais nesse assunto.

Teve um momento, eu no banheiro, em que revi, encostado na pia e meio translúcido, o carinha do teste. Ele continuava com meu número de telefone escrito à caneta na pele da mão, como estava quando nos falamos pessoalmente da última vez. Sorri seus dentes perfeitos embaixo dos seus cabelos encaracolados. É um sorriso-chiclete, o dele, um sorriso que espicha. Tento fazer com que minha mancha de um só olho tenha um sorriso-chiclete que vá de um ladrilho para outro. Não consigo. Quando volto a lembrar do carinha, ele já está sorrindo para alguém que passa flutuando a meu lado, acena para mais um ao longe. Depois faz movimentos significativos de sobrancelhas para quem está atrás de mim e que, eu sei, é uma mulher linda e loura, sentada decerto de pernas cruzadas no suporte de toalha de papel e que sorri, ela também, para ele, como se eu, na sua frente, fosse, eu, a transparente.

Vai ver sou.

Não é fome. Talvez sono. Suor. Gostaria de não suar tanto. Hoje, sempre. Não adianta ficar nervosa. E não adianta contar a história, porque, eu sei, vou continuar sem entender.

Na tarde daquele dia, sou das primeiras a entrar no salão de testes, um lugar enorme e vazio. Mas minha senha é a 43. Não estranho muito. Sei há muito tempo que números não têm relação uns com os outros. Ninguém fala disso porque é falta de educação falar coisas perturbadoras. Mas não têm. O 43, por exemplo, nunca ouviu falar do 42. E é ateu, não acredita num zero original em cujo âmago surgiu, às cinco da manhã e depois de dormir na porta, um primeiro da fila que nunca sou eu.

As lindas e louras que estão atrás de mim e que, portanto, não consigo ver continuam por lá. Passam sem fazer ruído entre minhas costas (suadas, apesar do frio) e a parede onde minhas costas se encostam. Escuto nitidamente uma delas, que cochicha, ali no banheiro, o que cochichava antes, no salão de testes, repetindo palavra por palavra, várias vezes, num mantra que, a continuar por mais tempo, é até capaz de me agradar, me embalar, preciso dormir uma hora dessas.

Ela diz:

"Se a pessoa tiver samba no pé, vai para a frente, aparece mais."

No chão de um banheiro que não sei mais se é de hotel ou da lateral, cheirando a graxa, óleo, mijo e merda, de algum dos incontáveis postos de gasolina, olho agora para minhas duas pernas esticadas, que podem muito bem ser de madeira, e chego pesarosa à conclusão que me acompanha desde sempre: sou do tipo que não tem jeito. Correr eu corro, mas não sambo. Você fala com o Biby, disse o carinha. Pode ter sido Bubi, não escutei direito, peço para ele repetir e ele repetiu, Bibu. E acenou para alguém que passava. Porque ele conhecia todo mundo, o carinha. Sabia de todos os testes. Era assim, ó, com o Bubu. E já estava de saída. Estava sempre de saída. Levava uma bolsa de lona com coisas, porque ele não é como eu, que vou de casa para algum lugar, para lugar nenhum, e depois volto e depois vou de novo para outro lugar que parece ser sempre o mesmo mas para onde vou mesmo assim, só para depois voltar, mesmo sem vontade. Não. Ele fazia diferente. Ia de um lugar para outro e para outro, e mais outro, e então carregava coisas, projetos fantásticos que desenvolvia com pessoas fantásticas e que deixam a bolsa de lona assim um pouco murcha mas suficientemente esticada para parecer um pêndulo, uma agulha de gêiser a indicar onde está o poço com a água, o ouro enterrado.

"Telefono para avisar o dia, pode deixar", e mais um de seus sorrisos em movimento.

Uma parte de mim finge para a outra parte que acredita. E aceno, adeus, adeus, um lenço vermelho na ponta dos dedos para efeito de cenografia.

Mas, meu deus, um movimento no mundo parado. São os pezinhos. Eles se mexeram, tenho certeza. O esquerdo estava repousado sobre o direito, e agora é o direito que repousa sobre o esquerdo. Suspendo a respiração. Bem, retomo. Mas tenho cuidado. Não quero provocar outros movimentos, é preciso prudência. Quando as coisas começam a se mexer, nunca se sabe para onde vão. Um pezinho se mexe sem barulho aqui, e um morcego enorme pode entrar, igualmente sem barulho, pelo basculante. É esta a ligação. Duas coisas que se mexem sem barulho. Há várias lógicas neste mundo. Há vários mundos. Todos e todas ao mesmo tempo. Apenas, uma lógica tem sempre o cuidado de não esbarrar na outra, um mundo no outro. Não são só os números. É tudo. Não há previsibilidades. Por exemplo, a mancha de um olho só. Tanto pode ser eu a sair deste banheiro e a mancha a ficar, como o contrário. Olharei então, com meu único e boiante olho, para a estranha cara oval, regular, de dois olhos, que ficará ali perto da pia enquanto me dirijo para a porta, adeus. E vou embora levando a mancha semovente precariamente encarapitada no meu pescoço, e tudo bem, tudo bem. Um ou outro me olharia na rua com alguma curiosidade, mas me olham assim desde sempre, de modo que eu não iria notar mesmo muita diferença.

Estou há tempo demais neste chão de banheiro. Preciso sair. Praticar um esporte, adotar a alimentação ortomolecular, comprar um creme desses caros, anti-rugas.

Mas minhas pernas são dois troncos mortos na minha frente.

Antes, na manhã daquele dia, acordei e decidi o que decido todas as manhãs da minha vida desde sempre e até hoje, e que é: eu vou. Tanto faz para onde. Então fui. Me aguardava um dos meus destinos pontilhados flutuantes, vagamente pousado na Visconde de Albuquerque, que ficou visível quando acabei a Niemeyer e que ficou invisível bem antes de eu chegar ao final. A subida de volta da Niemeyer foi mais penosa que de costume, o que não falar da João Goulart, porque tem dias assim, em que vou a pé mesmo, um pé, depois o outro, então não peguei a Kombi. Até o fim. E, quando eu estava chegando, me veio a idéia de que aquela era a última vez que subia a subida do Vidigal. Já havia pensado a mesma coisa várias vezes, mas nessa hora, por causa mesmo de já ter pensado a mesma coisa tantas vezes, achei que era de fato a última. Me joguei na cama, cansaço, achei. Mas era mais que cansaço. As pessoas saem de manhã e voltam só no fim do dia. Eu, na cama no meio do dia num raro quase-silêncio, tinha os barulhos todos internos, e nenhum era novo. Minha mochila estava pendurada atrás da porta perto do par bom de tênis, como sempre ficam, uma e outro. Mas olhei para eles como quem olha para companheiros de viagem. E o primeiro pé que pus no chão ao levantar da cama foi o primeiro pé que eu apontava em direção à rodoviária. E mesmo depois, no chão do banheiro do hotel, eu ainda achava que era para lá que eu ia.

Antes de sair, peguei o dinheiro no buraco da lâmpada, pus no sutiã, esvaziei a gaveta. Olhei em torno, o resto já enviado para a casa da minha mãe, a quem nunca chamei de mãe, Lili, seu antigo nome artístico, tão mais imediato. São Paulo. É isso? É isso, responderam em uníssono cômoda, tapetinho e cheiro de mofo. Magoada com a unanimidade, procurei algo que dissesse um "não vai, fica" e lembrei do carinha.

Liguei.

Repito o nome pelo qual ele me conhece ou não me conhece. E mais uma vez, até que:

"Ah, sim! Tudo bem?"

"E aí, nada ainda daquele lance?"

"Que lance?"

"O teste."

"Ah, é hoje."

"Hoje?!"

"Hoje. Às seis."

Porra, seu escroto, calhorda, e você não ia me avisar se eu não telefonasse?

Essa a frase que digo, mas os sons que saem formam um "obrigada".

Sentada na cama, olho a mochila pronta. O dinheiro no sutiã. É uma dessas horas em que as coisas adquirem mãozinhas que empurram você para fora. Fui. Mas levei a chave. Se o teste desse certo, voltava na boa, tudo como dantes em algum quartel, como quer a rima, e, se não desse, de lá mesmo rumava para a rodoviária.

Fui.

Era cedo para o teste das seis horas, podia ir a pé, mas estava cansada da andada da manhã, e peguei um táxi. E aí cheguei e sentei no banco de madeira, que era tudo o que havia depois de uma escada, depois de um táxi, e depois de um relógio, que só podia estar parado, porque o infinito não pode durar meia hora.

Sei como se sobem escadas.

Atenção, outro ensinamento:

Você põe um pé no primeiro degrau, o segundo pé no segundo degrau. Repete. Não demora muito, e você terá de apresentar seus pés à sua respiração. Muito prazer, muito prazer. Aí você avisa que, daquele momento em diante, eles terão de entrar num acordo. Se os pés diminuírem o ritmo, você morre porque não respira. Se a respiração acelerar, os pés não agüentam. Funciona sempre. Os pés andam, a respiração respira, e você sobrevive a mais esse embate com as aporrinhações que te cercam. O mesmo método pode ser usado para delírios. Você entra no primeiro delírio, a cabeça escapa num segundo, e você negocia um entendimento entre eles e as necessidades mais terra-a-terra que acometem os seres vivos, quais sejam: controle mínimo das condições externas (atenção para o buraco), das condições internas (é melhor baixar a voz para não dar bandeira), e, voilà, vive-se mais um dia.

Meire mete a cara na porta do banheiro pela segunda vez.

O pessoal da produção que está hospedado no hotel tinha chegado. Dali a pouco podia entrar gente no banheiro, e eu estava sentada no chão com uma cara horrorosa. Havia incompatibilidade radical entre essas duas coisas.

Não tenho dúvida de que o pessoal de que fala Meire são Bibi e os outros que estavam no salão de testes. Simplesmente sei disso. Foram transplantados para o hotel inclusive com o banco de madeira para quem, como eu, se destina aos segundos, terceiros e últimos lugares, os de número 43 ou pior.

Levanto.

Não. Tento levantar. A parte inferior do meu corpo resiste — uma situação típica de necessidade de planejamento: primeiro a perna direita; ela não quer; a esquerda; também não quer. Fim do planejamento.

Depois de um tempo, acabo que consigo algum sinal de vida dos meus membros inferiores e, apoiando a mão no chão (vejo que afinal ela iria ao chão de qualquer modo, bobagem eu ter hesitado), levanto parte do corpo com a ajuda da parede.

Balanço o pé esquerdo. Não que esteja dormente. Apenas não é meu.

Recém-chegado a esta organização que, em falta de melhor definição, chamo de eu, ele, no entanto, não se nega a me acompanhar, e se arrasta embaixo de mim porta afora. Consigo de alguma maneira me tornar uma só unidade, fazer com que meus pedaços, sempre tão díspares, se integrem. Nunca dura, mas aproveito.

Já quase chegando no salão do restaurante, lembro dos pezinhos. Queria dizer tchau. Afinal, ficamos tanto tempo, eu e eles, ali, dividindo fantasmas, aerossóis e, por que não dizer, celulares.

Volto.

"Alô."

Ninguém responde.

"Tem alguém aí?"

Ninguém responde, respondo eu:

"Não tem ninguém aqui."

A ausência de mim fica mexida com sua própria resposta. Não sei se faz bem, tanta franqueza. Na verdade só respondi eu mesma porque sou de opinião de que não é bom deixar perguntas sem respostas a percorrer jornadas sem fim na atmosfera, acabam voltando, bumerangues que são.

Fecho a porta do banheiro, forçando a mola para que feche mais rápido. E aquela onde não há ninguém se encontra outra vez ao lado da mesa do cara de meia-idade, aquele que é eterno. Continua de meia-idade. Continua me olhando. Bebendo. E me olhando outra vez. Isso me preenche de novo com alguma matéria, mesmo se do tipo mero reflexo no olho dele, e é aí que vejo Bibbi.

Ele está na mesa perto da janela.

É uma mesa grande, para grupos. É assim que descubro que vai haver um grupo.

No salão de testes, antes de ir embora com o meu 43 amassado na mão, olhei para Bubbi por uns instantes, e por esses instantes nossos olhares se cruzaram. Levantando do banco de madeira, ainda pensei em me aproximar e perguntar alguma coisa, as horas?, se tinha troco para cinqüenta?, qual sua cor preferida?, votaste em quem?, tens fogo?

Mas saí. E desci a escada procurando uma lata de lixo, supostamente para a senha 43 mas nunca se sabe, costumo ir com rara convicção na direção de latas de lixo.

Agora, da mesa dele, ele me olha como se reconhecesse vagamente algum detalhe de um papel de parede.

Hora de me situar. Estou onde? De pé, vinda do corredorzinho dos banheiros.

A oeste, o cara de meia-idade. Na minha frente, Bibu. São bons os pontos cardeais. O problema é quando o mapa onde você os desenha está de cabeça para baixo. Às minhas costas, tanta coisa que não dá para dizer nem se eu escrevesse oitocentas páginas. E, a leste, um caminho pouco iluminado. É o que escolho (como sempre). Tomo-o e chego na minha mesa. Chego também à incômoda desconfiança de que tenho de parar de cheirar, fumar, engolir, beber e principalmente comer. O badejo finge de morto. Algo aconteceu com ele durante minha ausência. Uma acomodação. Um círculo marrom mais claro surgiu entre ele e o verde da pimenta. O verde, assim, tem um tempo de adaptação até chegar no marrom mais escuro. Devem ser assim, os casamentos felizes.

Sento, e ficamos lá, eu e os casamentos felizes.

3

Bubby está com mais dois homens. Conversam baixo. Fumam charuto. Abriram um pouco a janela e entortam a boca em direção ao breu lá de fora para soprar a fumaça. Mas o breu sopra de volta, e a fumaça retorna, cobre a cara deles e depois o resto todo, chegando até onde estou. Conheço este lugar como a palma da minha mão. Sei que vindo do breu, além da fumaça, está chegando em Bibu e-companhia um barulho ritmado, um "tá, tá, tá". Eles não prestam atenção. Eles deviam prestar atenção. Nas coisas. Em tudo em volta. Sempre. Eu também.

Mastigo o limão da água para rebater a fumaça e o que sei do breu. Dos breus.

E aquela coisa das várias lógicas concomitantes: limão definitivamente tem a ver com mulher, pois, assim que ponho o limão na boca, surgem várias. Entre elas, a que foi construída, banha por banha, em cima dos pezinhos antevistos no banheiro. Não é a minha ex-vizinha, afinal. Ela senta ao lado do cara de meia-idade. As outras mulheres que surgem são louras. Dirigem-se à mesa de Bibi. A partir daí os eventos à minha volta se tornam fundamentalmente auditivos. A bem-comportada construção que se equilibra nos pezinhos discute em berros malcomportados, e crescentes, com o cara de meia-idade. As louras têm sandálias de salto que fazem barulho no chão. Elas se afastam de mim em direção à mesa, o som devia diminuir, mas aumenta. Me sinto do lado errado da geometria. Há outra coisa que aumenta em vez de diminuir, e é uma espécie de ganido. As mulheres emitem ganidos cada vez mais altos à medida que se aproximam de Bibu e dos outros dois.

A dona dos pezinhos olha para elas e depois para mim. Fico com a esperança de que ela também tenha notado a inversão da perspectiva. Mas chego à conclusão de que apenas tenta adivinhar quem pegou o celular. Deve ter raciocinado: só pode ser mulher. Só mulher entra em banheiro de mulher. Certo? Errado.

A primeira vez que estive neste restaurante foi com meu então grande amor. Eu era novinha a mais não poder, mas no limite de não ser mais tão novinha embora não soubesse disso.

Brigávamos. Nem mais brigávamos. Pedi frango com nhoque, ele eu não lembro. Tinha a manga curta da camisa dobrada para que ficasse mais curta e mostrasse mais alguns centímetros de seu músculo do braço. Era fortinho e tinha futuro, dois defeitos que depois aprendi a evitar, mesmo quando vêm separados.

E aí o meu grande amor pega o maço do bolso para acender um cigarro, o que costumava fazer com uma sobrancelha levantada e a outra não. Em havendo platéia, ele brinca um pouco com o cigarro em movimentos rápidos antes de pô-lo na boca. E, uma vez na boca, o cigarro (nas ocasiões de platéia) ficava seguro entre os dentes enquanto ele cataria, displicente, o isqueiro. Desta vez algo dá errado. Em lugar de fazer o papel de coadjuvante em show de charme, o cigarro cai no chão. Meire — ainda sem seu nome — está ao lado, esperando pacientemente que ele diga o que nós dois vamos beber. O cigarro cai, ela dá uma gargalhada que reboa pelo restaurante — vazio naquele dia como neste, e como em tantos outros, *crise* sendo uma palavra que não vou usar por falta de sentido, não que outras o tenham, mas pelo menos essa, por pudor, vou evitar.

Meire ri. Rio também. Ele não. Fica mudo até o fim do jantar, enquanto eu e Meire trocamos tomos e mais tomos de confidências nos breves olhares e sorrisos dos "querem mais um pãozinho?" e "por favor, o café".

Antes de ir embora, vou ao banheiro. Meire entra atrás de mim.

"Muito prazer, Meire."

O grande amor entra logo atrás. Furioso. Olha para nós, impotente, fazer o quê, numa hora dessas?, e sai.

Mais risadas.

Como você vê, às vezes entram homens no banheiro das mulheres.

Na noite seguinte, volto ao restaurante. Sozinha agora. Toco no assunto lugar-para-ficar. Ela diz que, na casa abaixo da dela, a mulher costuma alugar quartos e que é um lugar tranqüilo, no final da via pavimentada, lado ímpar, linda vista, longe do alto, ponto nobre. E aponta com a cabeça o Vidigal.

Foi como começou.

Bubi e as mulheres já se deram beijinhos. Da minha mesa, tento ver Meire para mandar outro, em homenagem à nossa história. Mas ela está parada na porta da cozinha, parece congelada. Olha fixamente para uma das mulheres que acompanham Bibu. Acho estranho. Não consigo estabelecer bem qual mulher, todas iguais. Tento chamar a atenção de Meire por onda mental, não funciona. Há algo de estranho. Mas um dos caras da mesa grande faz um movimento com a mão, e Meire inicia outro, com os pés. Me acalmo, universo e Meire outra vez na ordem estabelecida, pois, se a mão de quem é servido provoca os pés de quem serve, é porque está tudo como sempre esteve e estará, na marcha que nos levará, a todos, para o inferno. Preciso dormir, passar minha roupa antes de usar, me habituar a sorrir mais para as pessoas, talvez isso melhore minha vida em alguma coisa.

Meire vai, enquanto a dona dos pezinhos diz para quem quiser ouvir que o cara sentado a seu lado é um calhorda e que ela está de saco cheio. Na mesa grande não querem ouvir e não ouvem, continuando a cacarejar. Além de Biby, há agora outros nomes a meu dispor: Caíque e Tony. As mulheres se chamam Agri (Egrid, Agrid), Dô (Dorothy) e Quinque ou Quilde, que é a mais calada. Depois de um "muito prazer" inicial, Quinde só sorri para todos. Ela é quem provavelmente ficou com minha vaga, porque é isso que eu faria caso estivesse naquela mesa e tivesse samba no pé: sorriria sem parar até meus dentes caírem de cansaço.

Há sempre um dramazinho babaca para qualquer lugar que se olhe. A questão é querer ou não acompanhar. Um dos dramas daquela noite era o do casal de meia-idade que brigava, mas este não me parecia, não naquele momento, muito palpitante. Deviam estar brigando havia trinta anos. Na mesa de Bubo, o drama era mais promissor. Ele e Dô, descubro, tiveram um desentendimento no passado e Egri se empenhava para que fizessem as pazes.

Eu poderia fazer uma novela quase inteira com base nos pedaços de conversa que chegavam à minha mesa. Agrid (acho que era Agrid) contava que ela e Quilde (Quilde será) estavam em algum lugar com "as outras" e que todas comentavam sobre Dô, então ausente. E o que elas comentavam era que Dô estava ótima, com tudo em cima. Especulo que o episódio narrado tivesse se dado em academia, mas não tenho certeza, nem sempre as coisas têm sentido. Quase nunca.

"Mamãe também achou."

A palavra me parece deslocada.

Ficam em silêncio depois de dizer isso, como se se arrependessem. Agrid conclui:

"Só estou contando porque é fofoca, mas fofoca do bem."

E faz um carinho no braço de Bibi. O barulho aumenta. As mulheres agora querem que os homens comprem presentes. "Algo simbólico", diz uma delas. Acho que é porque Bibo e Dorothy fizeram as pazes. Pelo menos ele está dando uns tapinhas conciliadores nas costas dela.

"Compra, compra, compra!"

O coro grego da nossa época ou inscrição em lápide semiafundada no deserto total que virá.

Perguntam para Meire, que continua bem estranha, apoiando-se ora numa perna ora na outra, se a lojinha do saguão está aberta. Não está mas ela pode abrir.

"Compra, compra, compra!"

O mundo recupera um estertor de último capítulo: os homens se levantam. Fazem caretas, arrastam as cadeiras para fingir má vontade. Passam rindo por mim, conciliados com o seu papel masculino. Levanto. Irei embora. Fim. Já chega. Pesco uma nota do sutiã e ponho, amassada e suada, ao lado do peixe, que está mais morto a cada minuto. A nota faz movimentos de balé ao desamassar devagarinho, o peixe, ele, continua morto. Aproveitarei, penso, para passar perto de Bubu enquanto ele estiver na lojinha do saguão. Por nada, só assim. Uma última olhada na cara dele antes de desaparecer na névoa. Me estico para apanhar a mochila. A mulher de meia-idade também se estica. Ela pega um copo e joga seu conteúdo na cara do cara.

Agarra a chave do hotel que está em cima da mesa e vai embora em direção aos chalés.

Torno a sentar.

Ninguém mais viu, só eu. As mulheres do grupo de Bubby estão ocupadas cochichando entre si, debruçadas na mesa para ficar mais próximas umas das outras. Com mãos de rapina pegam, de minuto em minuto, os copos e enchem a cara de uísque, rápidas, aproveitando que os homens estão ausentes.

Eu e o cara de meia-idade nos encaramos. Ele passa o guardanapo (o dele também é de pano) no rosto e se levanta sem pressa. Atravessa o restaurante e sai. Mas não em direção aos chalés. Vai em direção à varanda, o que também o levará, eventualmente, aos chalés e à sua mulher, mas por um caminho mais longo, eu só não imaginava quanto. Ele também não.

Passa das dez. Neste momento, percebo que mais um pouco e acontecerá o que eu não queria e que é também o que eu queria, nem sempre havendo muita diferença entre essas duas coisas. Perderei o último ônibus. Isso é o que percebo. Resta descobrir o resto. Por exemplo: como chegar à manhã do dia seguinte. E como fazer xixi sem entrar no banheiro onde me esperam mancha de um olho só, o carinha de cabelos cacheados e muitas outras pessoas e coisas, todas emitindo sons de pouco sentido a me atravessar, ricocheteando pelas paredes, como se fosse eu a não ter sentido. É, eu sei, mas não gosto que me apontem isso.

Este dia, o desta noite que conto, foi um 10 de agosto. Ano de 2003. Um Dia dos Pais. Entre as palavras que ricocheteavam sem sentido ao meu redor havia o retorno do Clodovil à TV, o selinho da Madonna na Britney Spears, a Égua Pocotó, o casal de lésbicas a se beijar pela primeira vez em novela das oito. E o Roberto Marinho que tinha morrido. O que também não fazia sentido, sempre ouvi dizer que ele não acabaria nunca.

Eu não via televisão. Pelo menos, não a de todos. Via em finais de manhã e começos de tarde, quando acordava e a tela colorida servia de preâmbulo para as outras coisas do dia, que também iam ser vagamente coloridas e em movimento e igualmente sem sentido.

No restaurante, mais palavras sem sentido vinham das mulheres tingidas de louro. Top (um tipo de blusa), baggy (um tipo de calça), spencer (não sei o que é mas já soube), escarpin (que sempre achei que tinha a ver com os três mosqueteiros). E eu precisava descobrir, além do xixi, além do intervalo até a manhã, quais palavras iriam inventar minha vida dali em diante, já que para São Paulo, naquele dia pelo menos, eu já sabia que não iria — e mesmo que fosse.

4

Bubbi vem de volta, andando com cuidado, tênis novos. Passa por mim sem ruído e, ainda de longe, joga um pacote em frente à Dô. Erra. O pacote cai no chão. Dô se abaixa para pegar. As mulheres dão gritinhos, falam o que acham que o pacote contém, dez absorventes, chapéu de palha, sucrilhos, papagaio de madeira pintada. Dô começa a desembrulhar com gestos teatrais, fingindo alegria.

"Não, não, espera, vamos abrir todas juntas."

Mais gritinhos. Caíque e Tony passam por mim. Vêm falando de trabalho e têm pacotes mal embrulhados nas mãos, Meire nunca foi caprichosa. Chegam na mesa. Os gritinhos aumentam. As mulheres desembrulham seus presentes enquanto os homens ainda trocam entre si palavras que não escuto.

Começam a surgir peças de lingerie feminina. Meias-calças, sutiãs de amamentação, camisolas bregas. Agrid brinca com Bibo uma brincadeira em que ela pega nele várias vezes, no braço, no ombro, na perna. Põe um sutiã preto, enorme, que ganhou, na cabeça e diz:

"Vou foder com você."

Não fica claro se vai sacaneá-lo ou fazer sexo com ele. As outras mulheres põem seus novos sutiãs por cima da roupa, as calcinhas estão, à guisa de lenço, enroladas na cabeça. Papéis amassados grudam nos molhados da mesa, no chão. Dô ganhou de Bubi uma enorme calça elástica. Quando ela exibe a calça, as risadas ficam mais falsas do que já são.

Não há muito para onde ir dali. O auge da noite é também o fim, as risadas vão ficando mais esparsas.

Caíque sacode no ar um cartão Visa. Emborcam a água amarelada que restou nos copos. Meire apanha o cartão. Riem mais um pouco e começam a se levantar. Meire se aproxima de volta com o cartão. É uma volta muito rápida.

"Foi recusado?! Foi recusado?!", diz Tony, já deliciado. Mas não tinha sido recusado.

Levantam-se todos.

Nesta hora vejo, pela primeira vez, que Dô tem uma bunda enorme. Não tinha reparado antes, na única hora em que ela esteve de pé na minha frente, ao chegar.

Está embrulhada em calça de couro marrom, um pouco larga, o que a faz ficar ainda maior. De repente percebo que a brincadeira com a calça elástica de tamanho extra large tem um aspecto perverso.

Dô está indo embora, é a última da fila, vai atrás dos outros, penosamente. Eles seguem em direção aos chalés. É de suas sandálias verdes, de salto muito alto, o barulho que repercute por mais tempo. Fico olhando a bunda se afastar. E penso nessa bunda, daquele jeito mesmo, dentro da água. Não é um pensamento, é uma imagem o que me vem naquela hora. Não penso. Só vejo a bunda que flutua. Só a bunda. O resto do corpo está embaixo da água. E os cabelos louros lisos — que ela, Quilde, Agrid têm iguais — estão dançantes, leves, a poucos centímetros da superfície. Com a cara para baixo e os cabelos iguais, só se saberia, e se saberia imediatamente, que Dorothy é Dorothy, pela bunda marrom, enorme — e mais enorme ainda, porque a água terá inchado o couro da calça.

A bunda bóia balouçante nas ondinhas, chuá, chuá, que batem nas pedras da praia em frente — e em todas as outras pedras onde já tropecei na vida. Os "chuás, chuás" são palmas de show de rock, o mesmo ritmo, a mesma exigência.

Mas Meire limpa com pressa a mesa abandonada. Passa das onze. A última Kombi sai por volta da meia-noite, e subir tudo aquilo a pé é dose, eu sei. Por isso entendo a pressa, ou achei, na hora, que entendia. Copos sujos, molhados diversos e inexplicados, cinzeiros, papéis rasgados. E, numa cadeira, a calça elástica de Dorothy, abandonada.

Meire pega. Fica com ela na mão um instante e depois a enfia por baixo do aventalzinho. Se vira, vai em direção à cozinha, eu a chamo. Ela me olha, parece sonâmbula. Não tenho nada a dizer. Digo:

"Me traz um fósforo quando voltar da cozinha."

"Está bem."

Segue para a cozinha. O restaurante fica totalmente vazio.

Sei hoje, e já sabia então, que estes vazios que às vezes ganhamos de presente não duram. Algo sempre acontece. Naquela hora, a antecipação de que alguém acabaria por vir atrapalha meu gozo do vazio. E escuto mesmo, depois de poucos instantes, o barulho de um carro que chega e manobra no estacionamento — que fica ao lado. Vai haver mais um hóspede/comensal.

Levanto. Desta vez vou mesmo embora.

Meire sumiu na cozinha, não vou até lá. Dizer o quê? Que amanhã digo adeus outra vez? No máximo poderia perguntar por que ficou catatônica ao ver as mulheres de Bibi. E isso ela não vai querer responder.

Pego a mochila, nem tão pesada. Vou em direção à varanda. Já perto dos sofás, a esta hora no escuro, lembro do cara de meia-idade. A última coisa que quero é encontrá-lo. Passo então a andar com cuidado, sem fazer barulho, como se adiantasse alguma coisa, como se tomar cuidado adiantasse alguma coisa em alguma circunstância. Perto da porta que, descubro, o cara deixou entreaberta, espio para fora. Em volta da piscina, espreguiçadeiras deitadas de lado para não juntar água, e nada dele.

Posso agora, escrevendo isto, e a qualquer momento da minha vida fechar os olhos e ver, para sempre gravada, a área da piscina como é vista por quem está de pé na porta da varanda. As espreguiçadeiras, a piscina com a água imóvel a refletir dentro de si suas bordas, a tomar posse dos seus limites, como a dizer, não, não, eu paro aqui porque quero, estes limites são desenho meu, parte de mim, e não, absolutamente, algo imposto pelo lado de fora. E mais a placa.

A placa de "entrada exclusiva para hóspedes do hotel" estava, naquele momento, de costas para mim, de frente para o nada escuro que é a praia que fica em frente. Mas eu conhecia não só suas palavras como o aspecto das palavras, em tinta um pouco descascada. Agosto é mês fora da estação, ou essa era uma das frases-desculpas que usávamos para não encarar a falta de dinheiro, verdadeira estação normal. A placa estava meio solta. Ventasse na hora, e a placa diria não só seu discurso obrigatório de "entrada exclusiva para hóspedes do hotel" mas também um "tá, tá, tá".

Encosto na porta da varanda. Não há vestígio do cara de meia-idade até onde a vista alcança. Roncaria ao lado de sua mulher insone, num dos chalés à minha direita. E eu precisava me deitar.

Começo a ir. Sei perfeitamente para onde vou quando dou um primeiro passo em direção ao escuro total. Ao passar pela placa, não me viro. Vai estar escrito: "saída exclusiva de babacas que não têm quarto no hotel, blusa top, calça baggy nem planos para o futuro". E, em vez do "tá, tá, tá", um "rá, rá, rá" galhofeiro.

Apresso o passo. Mergulho no breu com confiança de cego.

É uma questão de treino.

5

O hotel é uma dessas franquias de Havaí que infectam praias do mundo inteiro, tanto faz Banda Aché ou Flórida. O bom é que para tsunami também não faz diferença. No escuro à minha frente, então, aqui também há uns coqueiros bonitinhos. Já no caramanchão, tateio um tronco de madeira usado para sentar, arrasto-o um pouco. Durante o dia, gordos vermes brancos lambuzados de protetor solar costumam levá-lo para perto da mesa redonda, de cujo centro sai a viga que sustenta o teto de palha. Limpo a areia, ajeito a mochila e me deito. Ali bate um pouco da luz que vem de uma lâmpada da piscina. É luz amarelada e fraca, tanto faz eu estar de olhos abertos ou fechados, não dá para ver quase nada. Tem mais uma coisa que também faz com que não haja diferença entre olhos abertos e olhos fechados. Por causa do declive da areia, não fica visível a saliva branca que aquele nada negro cospe a intervalos regulares. Mas escuto seu chuá e depois outro chuá e espero pelo terceiro. A coisa está viva e quer que eu saiba disso.

Não vou conseguir dormir. Sento.

Nada para fazer ainda por muitas e muitas horas. Muitos e muitos anos.

Sempre que esta praia amanhece, há uma oval, de um preto mais claro, que surge bem embaixo das folhas do coqueiro ao lado do caramanchão. Fantasma de coco, ausência de coco a se incorporar, babalaô, no coqueiro sem coco. Fantasma e vingança. A administração do hotel costuma arrancar os cocos assim que crescem um pouco, por medo de que caiam na cabeça dos turistas e provoquem processos judiciais, abscessos prejudiciais, nunca fiz poesia mas tenho uma ligeira dislexia, quase igual.

Faz falta, o fósforo. Ou qualquer outra coisa.

Caía bem.

Olho o nada.

Uma nave alienígena não aparece. Nenhum boi voador faz a gentileza de se fingir de dirigível. Dorsos de seres marinhos, como sempre, também não sobem à tona quando mais precisamos deles. Não tenho fome, sede, sono. Ali como aqui e como sempre, não quero nada.

Mas gostaria muito se algo colorido e mudo passasse na minha frente e depois fosse embora. Qualquer coisa servia. Carro americano conversível da década de 50 com jovens de óculos escuros rindo e acenando para o nada, deslizando dois palmos acima da areia. Desfile a fantasia com homens e mulheres de perucas brancas e máscaras venezianas. Algum filme antigo, com mulheres e suas pestanas que piscam, não bem incompreendidas mas incompreensíveis.

Nada acontece.

Começo então a fazer o que não gosto e que é o que faço sempre, sem parar, mesmo quando ando para o muito-longe ou quando paro de andar. Quando durmo, nos sonhos, e quando não durmo, o suor a molhar minha roupa. E que é inventar os últimos acontecimentos, e os primeiros. Ou os que nunca de fato aconteceram mas poderiam. Ou os que aconteceram e eu guardei num lugar separado para depois, para quando tivesse tempo e calma, numa hora como a de agora, em que conto tudo isto, ou como aquela daquele momento, em que estava na praia. Nestas horas em que os pego de novo, esses acontecimentos, e os que nunca o foram, arrancando-os do preto que nunca sei se está dentro ou fora, para decidir então como eles foram, ou serão, ou poderiam. Decidir qual o sentido que neles cabe, qual a roupa. Tenho um método, eu, para roupas. Pego sempre a que está por baixo nos cabides. E, depois de lavá-las, ponho-as por cima. Um rodízio. Não costuma funcionar com pensamentos.

Mas naquela hora eu sabia de quem era a vez de sair do cabide. O dinheiro.

Há algumas possibilidades de enredo, aqui, porque, se eu me esforçar, posso contar isto de outro modo.

Talvez nem precisasse me esforçar.

Tinha esse cara, o Luís, com quem eu de vez em quando ficava e que era da patota da Meire. Ele me apresenta a um paulista rico e bobo, o Steve. Não tenho muito tempo para pensar o que significa eu ficar com Steve, porque se trata de uma unanimidade no grupo, ele é rico. E, de qualquer maneira, é por mim que parece se interessar. Steve sabe, por um encontro rápido que temos, anterior, que estou sem dinheiro porque perdi meu emprego. Então, ao sair do quarto do motel, me deixa umas notas.

É a primeira vez que isso me acontece.

É assim que gosto de contar: ele deixou o dinheiro porque sabia que eu estava sem trabalho. E assim, contado desse jeito, fica fácil estabelecer um fio de continuidade com um antes. Steve saiu comigo e com todo mundo e fez isso mais de uma vez, e nós dois batemos papo e tudo o mais. E aí transamos, e ele deixou um dinheiro.

Não fica mau. O problema é que isso não é tudo.

Aí um gringo (o Jordan) me liga um dia, pergunta se sei falar inglês, digo que sim, hesitante, e ele começa a falar, segundo ele, em inglês. É australiano. Não entendo nada. Só que é amigão e parceiro de negócios do Steve.

Está passando uns dias. Se vou sair.

Não vou sair mas saio. Estou na maior depressão. Considero que iria piorar ficando no quarto, sabendo exatamente o que vai acontecer na TV e no pingo de suor que desce da minha testa em igual ritmo ao do programa na tela. Ele considera que ir direto a um motel é o melhor a fazer. Eu considero que ele não é de todo mau.

Ao entrar no motel, põe umas notas na mesinha, logo de cara. Uma parte de mim finge para a outra parte que não viu. Ao sair, porque não contei nem guardei o dinheiro, diz:

"Está aqui o dinheiro."

Não sei que cara fazer e não sei que cara fiz. Sei que a dele era calhorda, e, ao ver minha reação, ou não-reação, ele põe mais umas notas no bolo. Depois sai. Ficamos lá, sozinhos, eu e o dinheiro. Depois de uns minutos conto o dinheiro, que passa assim a ter identidade específica: é muito. Eu também passo: virei puta.

Não era calhorda a cara daquele australiano. Não sei o adjetivo. Cara estrangeira, você fica sem parâmetro para adjetivos. Fosse em brasileiro, haveria um se ajeitar de feições que poderia ser, então, qualificado de calhorda. No Jordan, eram quase ingênuas, as feições. Ou isso era eu.

Luís, por outro lado, seria calhorda sem questionamentos, e eu posso traçá-lo assim sempre que quiser recuperá-lo, recriá-lo, mas, mesmo aqui, as coisas não são tão simples. Porque Luís tem a cara que tem sempre, até mesmo quando se olha no espelho do banheiro ao acordar e perguntar, a voz rouca de fumo, birita, falta de uso, uso excessivo, se é de manhã ou de tarde.

Não sabe de mais nada da vida, como arranjar a refeição seguinte, como fazer para se livrar da última confusão, como ocupar o tempo dali a dez minutos, mas isto, se é de manhã ou de tarde, ele precisa saber. É a parte dele de que gosto, essa necessidade de algum dado concreto, por mais idiota que seja, para não sair, pipa solta, voando pela janela aberta.

Mas saísse, e teria, a sumir nas nuvens, a mesma cara de calhordice abrangente e perene. Assim, também de Luís não posso dizer que seja calhorda, já que dizer "calhorda" seria dizer "calhorda" em comparação a alguma outra coisa que não existe nele.

Por exemplo, lá pelas tantas, tenta saber se ganho algum dinheiro ao ficar com Steve. Do Jordan ele não chega a saber, mas sente o cheiro. Faz perguntas. Diz que eu poderia dar um pouco da grana para ele, já que foi ele quem trouxe Steve para a boate.

Digo que não rolou grana.

E ponho o bolo no buraco da lâmpada. Buracos sempre tem, e um equivale ao outro.

Já tinha havido outros lances, antes, mas não de forma tão clara. Foi com o Steve e depois com Jordan que me vi frente a frente com minha definição. Ou que percebi que, para os outros, eu já estava definida havia muito tempo. E a chave do quarto, então, na minha mochila naquela noite, era um plano B e uma recordação, mas também, e para sempre, uma ameaça e uma tentação.

Há adendos possíveis de serem feitos. A própria Meire, por exemplo. Ela me faz uma, nas suas palavras, "proposta comercial". A dela é anterior à do Luís, acho, não tenho mais certeza.

Pode ser que tenha vindo logo depois de o meu chefe, ex-chefe, dizer que eu tinha só mais um mês de firma. A proposta de Meire é eu ir, todo dia, no finzinho da tarde, para o bar do hotel, onde conhecerei pessoas interessantes, já que tenho, diz ela, cultura e papo, mais cultura do que papo, acrescenta, porque não ia ser trancada no quarto e sem falar com ninguém que eu ia arranjar trabalho. Tinha razão. Não arranjei mesmo.

Na hora ela não chega a detalhar que tipo de trabalho haveria para mim no bar do hotel. Me dá o celular. Diz que pode querer me chamar com urgência, uma oportunidade que surja.

Fico desconfortável de reviver hoje essa história. Acho ridícula minha desestruturação daquele período. Por mal que eu tenha me sentido durante a trepada com Jordan — uma das piores da minha vida —, um bolo de notas é igual a qualquer bolo de notas. Daria para ter lidado melhor com isso. Tem muita coisa com que eu poderia ter lidado melhor. Ainda tem. Muita mesmo.

Naquela noite, no caramanchão, tentei dormir várias vezes, sem conseguir.

Fiquei, como agora, inventando enredos, mas mais para passar o tempo do que por necessidade de justificar seja lá o que for. Na verdade, eu ia embora naquele dia pelo mesmo motivo por que sempre vou, vou embora porque sou do tipo que vai embora. E é esse o verdadeiro e único enredo.

Na tela preta do meu computador (e o fato de ela estar preta me informa que há mais de cinco minutos não mexo nele) ressurge agora o que vi no preto à minha frente naquela noite do caramanchão. A imagem de um palco, no meio do nada. Era o que eu tinha visto uns dias antes quando fomos eu, Meire e mais gente a uma boate. Acho que essa boate aconteceu depois de Steve e antes de Jordan. O palco estava vazio, só um foco de luz iluminando um círculo. Escuta-se o murmúrio de ansiedade de uma platéia que não está visível. Me apertam o braço, acho que é Meire. É o show de uma dançarina por quem ela era fissurada. Entra uma música. A moça surge na luz do palco. É linda. Tem uma altivez, uma ironia no jeito como olha nos olhos de cada um na platéia adivinhada. Começa a dançar. Ao dançar, tira o pouco que tem. Uns fios, umas plumas. A música bate ritmada dentro de mim. Acaba sem que as pessoas notem, todo mundo siderado, hipnotizado. Aos poucos um ou outro desvia os olhos, aos poucos surgem palavras em voz baixa, depois risadas, aparecem bebidas, garçonetes. Continuo olhando, acho que sou a única pessoa a continuar olhando para o palco. O barulho em volta aumenta, agora há movimentos de cadeiras, passam perto de mim, mas não vejo quem, nem quero. O palco, vazio, continua com sua luz, mas mais fraca. A moça volta. Se abaixa, continua nua e se abaixa. E cata, uma por uma, suas plumas espalhadas. Põe os joelhos no chão para alcançar um fiapinho de nada que pousou um pouco mais longe. Ela tem os olhos baixos, um sorriso crispado. Levanta, passa a mão nos joelhos e sai, rápida. A luz a acompanha até que ela some no vão de alguma cortina rasgada.

Foi também por isso, então. Foi por causa desses joelhos sujos.

Steve, antes de ir embora, me dá um cartão e diz o que se diz nessas ocasiões, que, quando eu precisasse etc. Uma parte de mim finge para a outra parte etc. Não se trata de repetição, hábito, essa coisa de fingir e de partes. Mas necessidade. Não tenho, às vezes, outro jeito a não ser me obrigar a fingir que acredito. Porque invento não só para trás, o que já aconteceu, mas também o que vai acontecer. Com o cartão de Steve inventei o que ia acontecer: a casa de Lili, o quarto de empregada cheio de tralhas onde caberia mais uma cama, e, cartãozinho na mão, dia seguinte, na roupa discreta, me apresento em recepção de empresa, quero falar com Steve. Inventando que acredito.

Depois me sentaria em mesa cinza, roupa cinza, e atenderia o telefone com unhas pintadas de vermelho discreto, pois não?, as costas muito eretas, e nunca mais suaria de novo, não há suor em grandes empresas, as mulheres não menstruam em grandes empresas, e ninguém faz cocô nas grandes empresas.

Mas sim. Roupa discreta e muito mais que isso. Banho pela manhã às seis horas e, no caminho para o novo trabalho, o esquecer forçado de todas as vezes em que não tive trabalho, em que a ONG acabou não obtendo patrocínio, em que carinhas ficaram de ligar e não ligaram, e das vezes em que precisei, antes de tudo, de samba no pé, bunda grande, celular ou riso na cara, ah, um riso na cara faria milagres.

Espicho a boca, num treino.

No caramanchão, aos poucos, o escuro me vence. As idéias acabam por acabar, só ficando silabinhas-salivinhas que vêm, chuá, chuá, já sem sentido, quebrar na minha cabeça, essa pedra. Uma brisa acaba por secar meu suor. Acordo com algo que treme na minha cintura. Custo a entender. É o celular que peguei no banheiro. É gostoso, o tremido. Pára. Depois recomeça. Atendo. Uma voz de mulher diz "alô" e depois outra vez:

"Alô, Antônio?"

Não digo nada, e ela desliga, abrupta.

Celular pelo menos eu já tinha.

Restava o resto (que é o que o resto sempre faz, restar).

E eu descobrir para que exatamente iria servir o celular. E o resto.

6

Torno a dormir. Quer dizer, percebo isso ao acordar. Perceber as coisas com atraso é uma definição que me cai bem. Me desequilibrei de cima do tronco, dormindo, e acordo na caída. Num primeiro momento acho que o nada continua igual. Mas de repente, apertando os olhos, consigo ver Dorothy, silenciosa como uma aparição, que passa bem na minha frente. Ela anda perto da água, rápida, e não vejo seus pés por causa do declive, mas sei que está descalça — e que é por isso, portanto, que pode andar rápido —, porque carrega na mão suas sandálias verdes de salto alto. Além da bolsa.

Não me vê. Alterna olhares assustados com outros, de controle. Os primeiros para trás, os segundos para a frente. Segue em direção ao fim da prainha, à minha direita. Percebo, e desta vez antes!, que se dirige para o caminho das pedras. É o nome que eu e Meire inventamos para a passagem que aparece durante marés baixas, entre as pedras que fecham a faixa de areia. Permite que se saia do hotel sem passar por portaria e porteiro. Usamos muito, eu e ela. Não exige vida equilibrada (horários, bons-dias, boas-tardes) mas apenas equilíbrio, pois as pedras, sempre molhadas, escorregam.

Na hora, o que me vem é um desagrado por Dorothy conhecer o caminho. Fico vendo sua bunda marrom se afastar. Parece bolo preparado em batedeira, com volumes de massa marrom, chocolate e baunilha?, a subir e descer, molemente. Some bem a tempo de eu me virar. Senti o inconfundível cheiro de charuto de Bubu. Ele está de pé no alto da escadinha. Sua cueca branca brilha na escuridão. Começa a descer. Toda a sua barriga, todo o seu grande corpo, se equilibra com cuidado em cima de pés descalços e frágeis numa boa definição de masculino.

Ele desce até ficar praticamente a meu lado. Primeiro olha o mar, depois para a direita, para a direção da ausência de Dorothy. Chega mesmo a dar uns passos para lá, mas pára. Está nesta hora muito próximo de mim. Chego a ver seu rosto espichado para que boca e dentes prendam o charuto. É um rosto capaz de se dar bem com o da mancha de um olho só, do banheiro. É uma primeira semelhança a nos aproximar, ainda que rápida. Depois, vira de costas e vai, resoluto, para a esquerda. Acompanho a cueca por alguns minutos, não chega a desaparecer. Volta, expressão irritada, e sobe a escadinha de volta. Antes, joga o toco de charuto na areia.

O fedor, como costuma acontecer com os fedores, acaba que se integra. Ou somos nós a eles.

Torno a me ajeitar no meu tronco. Não faz frio neste inverno. Há quantos anos não faz frio. No preto que agora inclui o dos meus olhos fechados, surgem contornos antigos que não tenho vontade de identificar, nem na hora em que isso se passa nem agora que escrevo. Mas também não tenho o tempo.

Escuto a voz de Meire. Vem de longe. No começo é difícil saber de qual dos longes ela vem — o meu, interno, onde me perco, ou o do fim da praia. Concluo que vem, como sempre vem, de fora e de dentro. Ela iria me fazer falta, caso eu fosse para São Paulo ou para a puta que me pariu, sinônimos mais que perfeitos.

Decido que a voz de Meire vem da minha direita e que ela só podia estar falando com Dorothy, ambas um produto do caminho das pedras.

Dorothy segura suas coisas do mesmo jeito que segurava antes. Meire gesticula, mãos vazias. Está com sua bermuda velha, a que costuma usar nas horas de folga. Aceno. Digo oi. Me olham sem surpresa.

"Oi."

"Vocês têm fósforo?"

Dorothy bate com a mão na bainha da calça, tirando a areia.

"Quase que a gente não passa, hein, Mirinha."

Mirinha. A surpresa fica toda em mim.

Meire tira um isqueiro do bolso.

"Ficaste."

"Foi."

Pelo que eu sabia, Meire não gostava de apelidos. Dizia seu nome sempre por inteiro, Meire Nobre, como se o sobrenome tivesse a capacidade de cobri-la, ainda que por minutos, com um casacão comprido, forrado de vermelho, numa sobriedade européia que ela estava a canindés de ter. É um dos motivos de eu gostar dela. Nunca falamos sobre isto, mas sei que ela é das que, a todo momento, querem ir para outro lugar, atravessar a rua correndo e, sem motivo, subir em ônibus que passa de porta aberta.

Acendo o cigarro com cuidado para não queimar a seda. Sorvo. É bom. É sempre bom. Passo para Dorothy, que é quem está mais perto. Ela pega. Elas sentam. Trouxeram umas pedrinhas também e um cachimbinho.

49

"Das Dores é daqui do Vidigal. Fomos colegas na Almirante Tamandaré."

"Dois anos."

"Ano e meio, cheguei no Rio uma metade de ano, e logo depois você ia embora."

"Só ano e meio?", pergunto.

É Meire quem responde, desafiadora:

"Mas vale por mais."

Dorothy ri, os olhos baixos. Digo:

"Achei que Dô fosse de Dorothy."

"É também."

Meire está concentrada em jogar uma fumaça lenta pelo nariz. Depois me passa.

Eu achava que não rolava nada, nenhum clima, entre nós, nessa época. Éramos amigas, só. Então brinco:

"Colegas de escola, hein? Eu na escola só me preocupava em caprichar nos cadernos."

Tinha dado mais tragadas, e me senti de repente muito feliz de ter caprichado nos cadernos.

Elas também parecem muito felizes. Riem, fazem sins com a cabeça, passamos mais uma rodada. Contam coisas da Almirante Tamandaré. A diretora se chamava Maria Laura, era uma mulher grande, branca, de cabelos pretos lisos. Tinha a Eneida, de quem elas gostavam menos mas que também era legal. As professoras do tempo delas meninas eram a Regina, a Cláudia, a Maria Helena. A Maria Helena dava aula de catecismo no meio do mato atrás da escola, onde hoje é a Nuno Álvares Pereira. Dizia que Deus eram as árvores. Falaram mais. Falaram do refeitório, no segundo andar, todo de janelas, com uma vista linda. Falaram das festas do Dia do Marinheiro, em 13 de dezembro. Cantaram juntas o hino da escola:

Neste canto de fé juvenil
Nós queremos louvar com ardor
As belezas do nosso Brasil.

Brasil! Berram muito alto esse segundo *Brasil* e depois fazem "shhh!, shhh!", com o dedo nos lábios, e riem, e ficam com os olhos brilhando.

Depois tentam continuar, mas não lembram da estrofe seguinte:

E daremos também nosso amor...

Meire pergunta, aflita:

"Como é, depois?"

Dô responde:

"Peraí... *E daremos também nosso amor...*"

Mas não lembraram, então terminam, já um pouco tristes, cantando juntas:

E as cachoeiras rolam suas águas,
E o sol ardente no céu a brilhar.

Os olhos baixos, um quase-choro.

Depois Meire conta que, numa reunião de pais de alunos, um pai contou que ele e o filho tinham um código. Ele chegava tarde, o menino dormindo, e no dia seguinte saía cedo, não via o menino. Então eles escolheram um brinquedo, e toda noite, quando o pai chegava, virava o brinquedo ao contrário do que estava, para o menino saber que ele tinha vindo.

E que ela, Meire, nunca tinha podido esquecer essa história.

Fizeram um silêncio. Meire cavava um buraco com o pé, na areia.

Dô de repente fala.

"Se você fosse uma fruta, qual seria?"

Respondo eu, calada há muito tempo:

"Abricó."

Ela cai na gargalhada. Eu digo:

"Para ser a primeira da fila na chamada."

E depois, acrescento, mais baixo:

"Número um, alguém aqui já foi número um alguma vez na vida?"

Mas não respondem. Acho que nesta hora ninguém mais está conseguindo entender bem o que se passa. Quero perguntar se Dô tem samba no pé, mas não pergunto. Deve ter. Meire vocifera alguma coisa sobre o pouco movimento do hotel. É o jeito que ela tem de sair de emoções. Engrena frases aprendidas em reuniões de bar, que repete sempre. Algo sobre capitalismo. Como se fosse possível, naquele ano, falar alguma coisa onde não entrassem considerações sobre capitalismo ou seus antônimos, ou o que achávamos que fossem antônimos.

Mas Dô interrompe, pergunta se sabemos qual foi a maior loucura que ela já fez na vida. E que foi na semana passada.

"Pintei de vermelho. Fiquei horrorosa. Isto aqui, ó, é pintura."

Afasta seus cabelos louros em dois feixes.

"Aí pintei outra vez da cor que era antes. Então estou igual, mas pintada."

Como se desse para acreditar que ela era loura de nascença.

Mas Meire e eu fazemos que sim com a cabeça, ainda rindo, só que ela começa a chorar.

Meire faz sinal para mim, é para eu não ligar.

Tento. Mas me dá também vontade de chorar. Para mim é fácil, isso de chorar. Por exemplo, não estudei na Almirante Tamandaré, meu tempo de escola foi um pesadelo. Só por aí já dava um Amazonas em mês de cheia.

Digo "não chore, não chore", com a voz já falhada pelo choro, que não sei de onde vem mas sei para onde vai, para minha garganta, e com finalidade clara: fechá-la. Na hora me ocorre que, já que não consigo impedir que entrem sons, peixes, caralhos pagantes, talvez possa fechar todos os buracos a partir de dentro. O único inconveniente é que o nível dos meus líquidos,quentes e internos pode ser ultrapassado e podem ocorrer inundações. Ou seja: choros, vômitos, xixis, acabo de lembrar do xixi. Depois. Meire diz que vai pegar um vinho na despensa para comemorar o fim do choro da Dô e que já volta.

Noto que o fantasma de coco já pode ser adivinhado, com boa vontade, embaixo das folhas do coqueiro. Aponto ele para Dô. "Olha só ali."

Ela olha. Faz que sim com a cabeça, começa a rir, agradecida, enxuga as últimas lágrimas com as costas das mãos. Não sei se viu. Eu olho uma segunda vez. Não parece mais estar lá, o meu fantasma querido que anunciaria o fim (temporário, mas qual não é?) de todos os fantasmas, ou quase todos, os desta noite.

Acho mesmo que não estava lá.

7

Meire veio de algum lugar do Nordeste, uma praia onde ela corria descalça, vestidinho curto e rasgado. Um desses lugares que de vez em quando são descobertos e invadidos por gente que, durante as duas, três semanas que tira de férias, acha tão legal a vida de pescador. Nessa praia havia uma pedra, já dentro do mar mas próximo à faixa de areia, e, por isso, a praia é conhecida como praia da Pedra. Por ocasião de uma eleição, um dos candidatos picha seu nome na pedra, e o outro, o que vence, manda pintá-la de branco. A praia então passa a ser conhecida como praia da Pedra Branca. Que é, por coincidência, o primeiro nome da praia do hotel, antes de o hotel ser construído, embora a pedra, esta, a da praia do hotel, também bem próxima à arrebentação, nunca tenha sido pintada de branco, sempre mantendo, ano após ano, suas pichações, não de nomes de políticos, mas de caracteres sem sentido.

Preciso melhorar isto depois; assim como está, fica difícil a diferença.

Os da pedra do hotel são os nomes vagamente em inglês

pelos quais gostam de ser chamados os meninos magrinhos, que têm por arma latas de tinta-spray, ou não só. É por causa dessa praia do Nordeste, que um dia Meire me descreve, que sugiro chamar o caminho das pedras de caminho da pedra. Digo que ela, um dia, saiu de perto de uma pedra só para chegar perto de outra pedra. E iria continuar a falar sobre pedras e caminhos, mas ela corta o assunto:

"Não tinha notado."

E depois acrescenta:

"Nada a ver. Inclusive o caminho daqui do hotel é um caminho de pedras, no plural, são várias."

E isso lhe assegurou que afinal não tinha andado tanto para terminar no mesmo lugar.

Quem ensina à Meire o caminho da(s) pedra(s) é um dos meninos magrinhos do morro. Ela o conhece, novinho ainda, logo que ela chega da sua praia da Pedra original, nas mãos uma mala de lona amarela encerada, que na memória se torna grande e pesada. Redescobre essa mala por acaso, anos depois, numa arrumação, só para se admirar de quão pequena é e de quão pouca coisa ela tinha como sua ao chegar.

Uma mulher que diz ser sua madrinha, embora muito diferente do retrato que ela segura na mão suada e pequena, a espera rindo e acenando na rodoviária. O cheiro da maresia, que ela pensa ter deixado para trás, invade seu nariz no momento em que salta do carro do amigo da madrinha. Era dia de ressaca, gotinhas oleosas estavam por toda parte. Sente então toda a náusea que não tinha se permitido sentir no ônibus e vomita nos sapatos novos e apertados que pôs, minutos antes de o ônibus chegar na plataforma de desembarque, em substituição às chinelinhas da viagem de três dias. Fez essa viagem em companhia de quase-desconhecidos, a quem tinha sido recomendada. É assim que chega. Na época, a encosta tem poucas casas, diz, e

55

muitas árvores. É bonita mesmo. E a madrinha nem de todo ruim. Ela então acha que dá para continuar, apesar da maresia. Mesmo porque não tem outro jeito. E sempre, depois, quando a conheci e até agora, para arranjar fôlego para a subida, Meire olha para o ponto da praça onde faz, com vômito, o reconhecimento precoce de que, por mais que se viaje, algumas coisas ficam sempre por perto.

O garoto que ensina Meire a entrar e sair, sem ser notada, do hotel onde um dia ela iria trabalhar, tinha o olhar vagante de quem procura alguma coisa que não está lá. Fica famoso. Na televisão, ao ser preso (e, logo depois, morto), tem os olhos que miram para a direita, para a esquerda e outra vez, inquietos, sem nunca se fixar em nada. Mas, por um momento, ele fita a câmera. Meire está na sala da casa da madrinha. Ele fita Meire, nos olhos. É a primeira e única vez que fixa os olhos em alguma coisa. Foi a última vez que se viram.

Essa casa, que foi da madrinha de Meire, ainda existe. Meire construiu outra, nos fundos, e aluga aquela para um dinheirinho extra. É a última do Sobradinho. Número 990, ao lado da placa da Cemasi, toda furada de balas. Meu quarto fica no 829, casa 2. Perto.

No caramanchão, esperando por Meire, que foi pegar o vinho, Dô fala e fala. A fala não entra nos meus ouvidos. Faço então um hã-hã e penso, com afinco, que os cordões emaranhados dos meus tênis precisam urgentemente de alguém que os organize, os cordões, pelo menos.

Não como há muito tempo, a garfada de peixe com pimenta não conta, acabou no vaso do banheiro. Mas parece que comi um boi. Um filho que não tenho como ter aperta meu diafragma e meu dinheiro. Meu coração, por sua vez, tenta ganhar espaço ocupando a axila. Praias antigas, histórias novas e breus de variados matizes, todos na garganta. E lembro do xixi. Resolvo encher com ele o buraco feito pelo pé de Meire, e por um instante Dorothy pára de falar. Suo em bicas. Devo ter tido queda de pressão. Detesto mar, mas sei como é estar no mar, já ouvi falar. Bóia-se. O sal. Quando se bóia, os ouvidos ficam embaixo da água. Era uma saída. Das Dores volta a falar, balanço a cabeça, concordo com tudo. Faço mais hãs, tento respirar. Sem a voz dela tudo ficaria melhor. Mas ela fala, fala.

E acabo que escuto.

Roubou um dinheiro de Bibi.

Não pretendia. Não mexeu em bolsos nem carteira ou coisas assim. Abre uma gaveta. Quer ver o que tem dentro. E dentro tem dinheiro. Está num envelope entre a bíblia sagrada e a lista telefônica.

Muito apropriado, digo. É uma tentativa de brincadeira, mas ela não acompanha, não entende quase nada do que eu falo.

Eu, para meu azar, entendo tudo do que ela fala.

Pergunta se quero ver. Mete as duas mãos dentro da bolsa. As mãos reaparecem em formato de concha. Se abrem. Dentro está uma enorme quantidade de notas. As mãos se abrem como uma vagina. Poderia ser um momento erótico para alguém, presumo. Olha para mim. Quer beber minha reação. Estou suando em bicas. Vai dar merda, é muita grana. Repete que, ao andar da cadeira onde estava sentada até a gaveta da cômoda, no quarto que Bibu tem no hotel, o que ela faz assim que ele entra no banheiro, ela só tem o intuito de ver o que tem na gaveta. Durante todo o tempo anterior, em que discutem, brigam, ela olha para a gaveta, e há uma vozinha dentro dela que pergunta: "O que será que tem ali?".

Ela repete a vozinha infantil:

"O que será que tem ali?"

E acrescenta:

"A gaveta está entreaberta, é por isso que ela chama minha atenção."

E dentro, continua, há a bíblia sagrada, a lista telefônica e, entre as duas coisas, o envelope com o dinheiro. Ela não sabe quanto dinheiro tem nas mãos porque ainda não contou. Diz que só tem pensamento para conseguir sair do hotel sem ninguém ver, arranjar lugar para ficar onde ninguém a conheça, arranjar outro nome que pode ser até o seu original mesmo, e pintar o cabelo de vermelho outra vez.

Mas mais claro um pouquinho.

E que ela voltou para a praia do hotel porque Meire queria um tempo para pensar, porque ela achava, a Meire, que ia ter um quarto vago perto da casa dela já no dia seguinte.

8

Meire chega com o vinho. Tem o rosto vermelho, que ela coça com força enquanto pragueja contra a "alergia à maresia" que eu sei ser alergia a pânico, seja ele de que origem for, olfativa, visual ou hereditária. É a primeira vez que olho direito para a cara dela desde que estamos na praia. Talvez o efeito das coisas que tomamos e fumamos tenha diminuído, ou pode ser também que o vermelho tenha aumentado. Mas nesta hora vejo que ela tem um vermelho, embaixo de um dos olhos, que está longe do padrão alergia.

Ela traz uma garrafa quase cheia, copos de plástico, uma caixa de Bis de chocolate branco que, diz ela, derreteu um pouco mas ainda está bom, é só botar na geladeira. Caso tivéssemos geladeira. Tem também desses pacotinhos de amendoim de avião. O hotel hospeda as equipes de vôo de uma empresa aérea, sobra amendoim. No hotel era também fácil conseguir naquela época talheres de plástico e uns guardanapos de papel grosso, muito bons, com o mesmo aviãozinho que havia nos pacotes de amendoim. Às vezes também apareciam bandejas pré-formatadas de plástico com um sanduíche de presunto e queijo, uma saladinha velha e um doce sem idade. E, para quem quisesse, sabonetinhos, xampuzinhos e toucas de banho, mas isso ninguém queria. Depois mesmo essas coisas desapareceriam, e só restaria a revista *Business*, que até hoje é distribuída pontualmente todo mês, dez exemplares, sem que ninguém peça, que são colocados, em arrumação artística (formato leque), nas mesinhas ao lado de poltronas e sofás.

Meire diz:

"O vinho já estava aberto, mas dei um gole, e está ótimo."

E enche os copos de plástico.

Decido encarar o líquido escuro. É mais fácil do que olhar Dô, que continua com um bolo de dinheiro nas mãos abertas em concha e, com um dos dedões, acaricia a borda das notas, ternamente. Uma lágrima ainda se equilibra no canto do seu olho. Meire fala para Dô mas balançando a cabeça na minha direção:

"Ela também tem."

E, para mim:

"Mostra para ela."

Tiro meu bolo do sutiã. Dô abre um sorriso, está mais confiante. Não é só ela, então.

Meire também sorri e diz:

"Vocês querem ver uma coisa?"

Sobe no tronco de madeira, estica a mão, apalpa com os dedos a trave do sapé. De lá tira um boné xadrez, desses de gringo.

E conta: o cara esqueceu o boné no sofá do saguão, ela vê e pega. Ele volta, pergunta se alguém do hotel achou o boné. Faz um escândalo. Diz que é impossível um boné sumir desta maneira. Fica andando de cá para lá no hotel, fala com o gerente, pergunta à Meire de várias maneiras diferentes como ela pode não ter visto o boné se foi ela que serviu o drinque dele enquanto ele ainda estava com o boné. Tinha vôo reservado, precisava ir embora. Antes, faz uma reclamação por escrito sobre o boné.

Rimos. Meire balança o boné. Vai até a beira da água ainda balançando o boné. Faz "ououou" e joga o boné no buraco negro que está na nossa frente.

Quando volta, pergunto o que houve com o olho dela.

"Nada."

Não insisto, mas é como se insistisse.

"Nada, porra. Não houve nada. E agora pára de olhar."

Mas conta:

Meire vê a Dô no restaurante, mas só trocam um olhar, não se falam. Depois que todos saem, Meire pega a calça elástica. Uma espécie de lembrança, porque ela não sabe se dará para ver Dô outra vez, ou falar com ela.

Meire, nesta época, mora com Teresa, que também trabalha em restaurante mas na cozinha e costuma chegar muito tarde em casa. Meire, que chega mais cedo, é quem faz a comida para o dia seguinte. Ela almoça no hotel, mas a outra almoça em casa, antes de sair. Naquela noite, quando Teresa chega em casa, a panela de arroz está inutilizada. Meire tinha queimado o arroz. Havia um cheiro horrível na casa inteira. E, em cima da cama, a calça elástica preta, enorme. Meire não usa calça elástica. Nem Teresa. Teresa faz um escândalo. Mais um. De vez em quando ela faz um escândalo.

"É a última vez que ela faz um escândalo", Meire assegura.

Quando Meire sai da casa, deixando Teresa, berros e cheiro de arroz queimado para trás, encontra Dô, que subia. A última Kombi sobe tipo meia-noite, depois desce e depois só às seis da manhã. Sem Kombi, Dô subia a pé, devagar. Meire descia. Mas quase correndo. Dô pretendia bater na porta de Meire, pedir guarida. A última coisa que Meire quer é que Teresa a veja com Dô.

Decidem então voltar ao hotel para esperar o momento certo. O momento certo era, calcularam, antes de vir banhista para o caramanchão e depois de Teresa sair da casa de Meire.

Uma vez Meire me conta uma história. Uma menina que ela conheceu diz que todo dia, quando põe o leite do filho para ferver, pensa que no dia em que for se suicidar, em vez de apagar o fogo quando o leite levantar fervura, deixará que se derrame, e aí então ela se joga da janela. Isso porque, se não se jogar, terá de limpar tudo — fogão, panela e chão —, e a limpeza a ser feita é o impulso adicional, e definitivo, para que se jogue. A menina conta isso à Meire e faz o que conta poucos dias após.

Pergunto à Meire como o arroz queimou. Ela me olha um de seus olhares fundos e depois baixa os olhos.

E não responde.

Dô fala e fala. Tornou a acender uma guimbinha e chegou a queimar os lábios, porque era uma guimbinha, essa, muito pequena. Agora explica o que já sabemos. Que não pode voltar para seu apartamento. Trabalha para uma agência e Bibi, se quiser, consegue seu endereço em dois minutos.

"Agência de quê?", pergunto.

Estou meio irritada. Não com ela. Mas com situações sem saída. Chega. Tenho as minhas. Não preciso ouvir a dos outros.

Ela hesita. Não esperava.

"De modelos."

Há um silêncio constrangedor.

"Agência Mamãeoutrinha. É conhecida."

Deve ser. Já tinha visto o nome colado num orelhão da Prado Júnior. Eu é que não liguei uma coisa à outra ao ouvir o "mamãe" da mesa de Bibi, durante o jantar.

"Não tem uma sede, tem um site. É ultramoderna, sabe. O site é mamaeoutrinha.com."

E depois acrescenta:

"Sem o br no final. Não tem br. É internacional."

Ninguém a estimula a continuar, mas ela continua mesmo assim. Mamãeoutrinha é travesti.

E me olha de soslaio.

"Mas ninguém sabe disso."

Ela sabe porque ouviu uma vez uma pessoa comentar. Mamãe mora em casa de luxo de condomínio fechado, logo ali no começo de São Conrado. A casa é fresca, avarandada, tem tapetes persas em cima de piso de granito, os móveis são todos antigos, grandes. Há ventiladores de teto só por causa do movimento que dão ao ambiente, pois o ambiente tem, na verdade, ar-condicionado central. É muito silenciosa, a casa. As cortinas são de vual.

Meire diz:

"Vual?"

"É. Vê, u, a, ele."

Mamãeoutrinha, ou só Mamãe, como em geral é chamado, usa tailleurs discretos, na cor bege. O cabelo está sempre preso num coque baixo, na nuca. De manhã, sai com chapéu de palha (tem a pele clara) para cuidar do jardim. É ex-analista de sistemas de uma multinacional da área de informática. Funda a agência por acaso, quando um dia entra na sala de um colega que organiza uma festa. O cara o afronta, pergunta se ele não quer ir. Mas que só será convidado se levar duas boazudas com ele. Há mais gente na sala, todos riem.

Mamãeoutrinha, que não tem ainda esse nome e está de calça escura e camisa branca de manga comprida, abotoada, dois bolsos, cinto, meias e sapato fechado, diz que não tem interesse em ir mas que pode arranjar as boazudas mesmo assim. O outro duvida. Mamãeoutrinha diz que não só arranja como cobra. Um pequeno "fee", diz ele, assim, em inglês, que é como o outro entende. Dô diz que ninguém sabe o nome verdadeiro de Mamãeoutrinha. Só se sabe que mora com um ajudante negro, um verdadeiro príncipe de ébano, nessa casa de luxo e que no jardim eles plantam flores de todas as cores. O jardim é uma maravilha, de parar carro na frente para as pessoas olharem.

Dô também ouviu dizer que todo ano, no aniversário da demissão de Mamãe da multinacional, pára um carro preto, de luxo, em frente ao prédio-sede. Sai um negro lindíssimo, com uniforme de motorista. Ele segura um ramo de flores de todas as cores, que deposita nos degraus de entrada, como num túmulo. A escada é de granito preto. O carro tem vidro fumê, não se vê quem está dentro no banco de trás.

Dô fala como se contasse um conto de fadas, com a cara de quem conta um conto de fadas querendo que o conto seja verdade. Uma hora nossos olhares se cruzam, e me pego no vazio, contos de fadas todos nós temos um, nem por isso é o caso de deixar isso claro. Engulo um Bis. Cai em cima do vinho, que estava afinal meio ácido. Cai bem. Me devolvo a mim mesma. Olho para o nada preto que não está mais tão preto. Uma nata de leite ralo começa a se derramar na metade de cima, que se separa, assim, da metade de baixo de um mundo que não me parece, naquele momento, ter muita coisa mas que tem, no mínimo, uma linha reta.

Há um horizonte idiota, mais uma vez, na minha frente.

9

Meire traz mais uma garrafa. Dô pergunta se não vai dar merda. Ela diz que não. Esta veio do barzinho que fica ao lado da piscina. Volta e meia hóspedes pegam coisas lá, na madrugada, quando não tem ninguém na cozinha para servi-los. A gerência tenta controlar, mas não consegue. Nesta hora ela comenta que, por falar em hóspede, tinha chegado mais um depois que saímos do restaurante.

"Ouvi o carro chegando", digo.

Ela comenta:

"Ele queria cabidela. Isso àquela hora. Falei que não tinha, se podia ser uma canja. Também vai galinha, acrescentei. E tasquei-lhe um Knorr."

Rimos.

Este vinho é ainda mais ácido. Tento manter a acidez na garganta pelo maior tempo possível, para ter no que pensar, porque por um momento ninguém mais fala, e o silêncio berra chuás, chuás e mais os "tá, tá, tá", dos quais eu já havia esquecido, e na continuação outras coisas e vozes viriam, de enxurrada como sempre vêm, e calma aí. Nem sempre dá para enfrentar tudo.

O volume da minha barriga diminuía a cada Bis comido. Em compensação, aumentava o volume sobre meus olhos. Fecho. Meire e Dô falam alguma coisa sobre o caminho das pedras. Ouço a expressão "pedra branca" na voz de Dô. Não sei se é só coincidência, mas sinto o gosto ruim da boca aumentar. Histórias que me pertenceriam. Iguais às roupas que ponho, aquela blusa para tal personagem, esta calça para que eu me sinta, ou me vejam, de um jeito específico, e que parecem até ser minhas, pois compradas por mim e no meu armário, mas que, uma vez fora do meu corpo, são só curingas de pano.

Meire nasce em casa modesta na tal praia do Nordeste. Do lado de fora, a cada dia, há mais garrafas vazias, junto ao lixo. Do lado de dentro, há mais gritos, outro tipo de lixo. Ao lado mora uma menina que joga bola-queimada na praia. Joga muito bem. Meire gosta de ficar num canto vendo-a jogar. E gosta também, quando o jogo acaba, de segui-la de longe, na rua. É uma menina muito bonita. As outras crianças percebem. Meire tem um boneco de pano a quem deu o nome de Richard, assim, em francês. Ricardo já estaria bom. Mas Richard é ainda melhor e faz Meire lembrar um turista que uma vez apareceu por lá e foi gentil com ela. Meire não larga o boneco para nada. Um dia, as crianças tocaiam Meire. Jogam Richard de bruços no esgoto e ficam rindo. Meire se diz para não chorar. Diz para as crianças que não tem importância. Sacode os ombros para provar. E se vira, rápida, de costas. Começa então o caminho que não terminou até hoje, enquanto se esforça em não tropeçar, mesmo sem conseguir ver para onde vai, pois as lágrimas, afinal, tinham chegado.

Ainda por muito tempo, depois, tenta não pensar em Richard sozinho no esgoto. Acho que tenta até hoje.

Alguém já tinha escrito para a madrinha. Só ela não sabia. Estavam apenas esperando resposta. Arrumam a mala de lona amarela, põem um queijo dentro da mala, para a viagem, e ela dentro do ônibus, para o nunca-mais. Parte desta história pode não ter sido de Meire. Hoje, de uma certa maneira, passou a ser. Fui completando as coisas com o que vivi. E com o que entendi, baseada no que sabia de mim — e dela. Acho que não tem outro jeito. Nem sei quantas vezes ainda vou — vamos — refazer tudo isto.

No caramanchão à espera do dia que nascia, dividi, naquela noite, com Meire e Dô, uma mesma história, que ainda não sabíamos bem qual era. Talvez por isso, porque posso inventar depois mas não adivinhar antes, não tenho mais certeza destas primeiras horas passadas na praia. Agora que conto, vivo detalhes que na hora não tiveram minha atenção.

Enquanto eu tentava dormir ou fingir que dormia, constatando com ansiedade sem remédio que amanhecia, Dô e Meire conversavam, planejando o dia que chegava. Elas não têm dúvida de que o começo de tudo é sair do hotel sem que ninguém veja. E isso terá de ser feito rápido. Depois, falam algo que inclui a chave do meu ex-quarto, a qual Meire neste momento já sabe que está na minha mochila. E, depois disso, ainda há mais planos, para o final do dia que nasce, mas essa parte não me esforço mais para ouvir. Já estarei, é o que acho naquela hora, num ônibus, a cada minuto mais longe. Só não sei do quê.

Em meio às frases entreouvidas, há um barulho de garrafas de vinho e copos de plástico sendo recolhidos. Meire jogará tudo na lixeira da prefeitura, ao atravessar a avenida. Tem uma prudência de cachorro de rua. Aprendeu a ter. Há um "quer?" que ninguém responde, deve ser comigo. Mas, pelo barulho que se segue, adivinho que um último gole foi virado, no gargalo mesmo. Fecho mais os olhos, daqui a pouco sou eu a ir embora e não gosto de despedidas. Olho fechado, pois.

Meire é a primeira a sair. Tem de tomar um banho, se arrumar e voltar a tempo de bater um relógio de ponto qualquer. A combinação é Dô esperar um pouco mais e ir também, com a chave do meu ex-quarto na bolsa.

Dô espera, obediente.

Depois que Meire sai, abro os olhos.

Dô está sentada no mesmo lugar onde Meire estava e dá continuidade à cavação de buracos na areia, com o salto agudo de uma de suas sandálias, que segura na mão.

Passa um bando de biguás no cinza cada vez mais branco. Só eu vejo. Dô mantém a cabeça baixa.

"Acho que não vou conseguir passar da Benedito com estas sandálias."

"Joga fora."

Ela olha para mim, surpresa. Nunca pensou em jogar sandálias verdes de salto alto com pedrinhas no fecho, quase novas, fora.

De repente se levanta, pega as sandálias, e eu vejo sua bunda grande e marrom ir até o mar enquanto escuto um "ouououou" quase igual ao da Meire.

Volta rindo, sem sandálias.

Digo:

"Vão pensar que ocorreu uma boa festa aqui de madrugada, entre um turista de boné xadrez e uma mulher de sandálias verdes de salto."

Rimos às gargalhadas. E, por uns instantes, aquele homem e aquela mulher, ambos fictícios mas nus, ele de boné e ela de sandálias, ficam por ali, satisfeitos e desapercebidos do fato de que a única coisa que os define é justamente o que perdem no mar.

Dô conta de um cara que foi praticamente noivo dela. E que era o melhor dos homens, atencioso, trabalhador, e que bastava ela dar algum indício de que queria alguma coisa, ele corria comprar.

"Um dia de noite passamos por uma loja, e elogio um vestido da vitrine. Mas nem estava pensando em nada, uma loja caríssima. No dia seguinte, tínhamos combinado almoçar juntos, e ele telefona dizendo que não ia dar. E foi seco, sabe, até fiquei meio assim. Quando chego de noite, o vestido está em cima da minha cama. Não foi almoçar para ter tempo de comprar o vestido. Era um homem desses."

Mas o cara acaba ficando com a melhor amiga dela, uma pessoa com quem ela conversava sobre tudo.

"Sobre tu-do."

Uma menina a quem ela ensinou tudo da vida e cujo aquário, quando ela viajava, ficava com Dô, que nunca deixou morrer um só peixe, todos lá, sempre, no maior cuidado.

Estão juntos até hoje, disse ela. O ex-noivo encontrou Dô no dia anterior, e disse que a outra era uma interesseira e que só pensava em gastar.

Dô respondeu que nada podia fazer. Ele pediu para sair com ela naquele dia. Ela respondeu que já estava comprometida com um grande empresário do cinema.

Dô acrescenta que não sente nenhuma raiva do ex-quase-noivo, um pobre coitado que foi iludido. Também não sente raiva da menina. Pelo contrário, reza por ela todo dia, de noite, para que Deus ilumine o caminho dela e a torne uma pessoa melhor.

Seus olhos ficam molhados nessa hora, mas não é tristeza. É emoção com ela mesma, por ser tão boa.

Estamos ambas de pé no caramanchão. Eu com minha mochila, ela com a bolsa. Nos abraçamos. Fazemos carinho uma no rosto da outra. Tornamos a nos abraçar. Eu também me emociono. Ficamos amigas, desse tipo de amizade instantânea que surge quando se compartilham fumaças, fiapos de coisas e um mesmo ponto de partida.

Digo:

"Tem umas coisas minhas que deixei lá no quarto. Uns CDs, umas coisas. Não precisa guardar. Usa, vende."

Ela diz um "tá", com sua vozinha infantil.

E vai.

Segue com sua bunda em direção ao caminho das pedras. Chamo por ela. Pára no meio de um cinza quase opaco. Corro até ela. Dou mais um abraço. Ela ri, também me abraça.

Depois, o que lembro é de voltar e pensar que tenho de fazer algum plano. É bom fazer planos. Nunca funcionam, mas distrai. Em algum momento, por exemplo, apanharei uma toalha de rosto no banheirinho da piscina, escovarei os dentes e depois lavarei um pouco pernas, braços e rosto no chuveiro ao ar livre. A toalhinha que pegarei antes é para que eu tenha com que me enxugar depois, para isso servem os planos.

É preciso que eu vá logo, antes que o movimento comece. Movimentos sempre começam.

Depois tomarei café.

E o ônibus.

Mesmo porque não tenho mais chave para meu ex-quarto, de modo que só posso mesmo ir.

Há muito tempo, eu ainda criança, fiz um lugar imaginário. Algo que li. Eu vivia na biblioteca, onde, descobri com alívio, risadas e chacotas eram proibidas e aonde, de qualquer maneira, ninguém mais ia. Esse lugar imaginário se chamou K. Era um lugar frio. E todos eram ricos em K., as mulheres com casacões até o meio das pernas. O forro desses casacos era sempre vermelho-sangue, e, quando o vento bate e eles se abrem, aparece então esse vermelho-sangue que brilha na luminosidade cinza, porque o tecido de dentro é sempre cetim. Ou seda. Que brilha no cinza, que é a cor dos lugares frios.

Ao passar pela escadinha a caminho da piscina, vejo o toco de charuto que Bibu jogou na areia durante sua rápida aparição na noite que acabou. O charuto sobressai no mundo que fica a cada instante mais branco. Mais um motivo para eu ir embora: o sol. O sol é o leite ou o arroz que ferve, se derrama e tudo invade neste meu suicídio geográfico.

Subo o primeiro degrau em direção a uma rodoviária que ponho, destino para lá de falso, num pontilhado na frente dos meus olhos. No segundo degrau já começo a transpirar, sem saber se é por causa do calor de um sol que mal nasce ou de nervoso porque percebo que preciso descobrir, rapidamente, qual ônibus, trem, navio ou comprimido devo tomar se quiser algum dia chegar a K.

Retrocedo.

Procuro inventar a figura de Dô, na distância.

10

Em pouco tempo haverá pessoas em volta da piscina, sons entrarão pelos meus ouvidos, e terei de apresentar palavras que façam sentido para os outros. E para mim, se der. Mas por enquanto me desmancho num cinza neutro, dos muitos que sempre estão disponíveis.

O sol ainda não saiu de todo. Espreguiçadeiras continuam viradas para que não se molhem. Algumas folhas imóveis na superfície da piscina mentem que a água é terreno firme a ser palmilhado.

Tiro minha roupa inteira. Agora é lavar o suor (o novo e os antigos), os hábitos (todos antigos), a dureza da pele em volta das unhas do pé (mas não a dureza geral, pois esta é útil), o peso (de sempre) nos olhos e esta mania que às vezes eu tenho de inclinar a cabeça para um dos lados.

E dar, assim, um motivo para as batidas muito rápidas do meu coração.

Começo pelos pés.

Talvez afinal só lave os pés (da areia da praia), e já fique tudo bem.

Uma agüinha, com a mão mesmo, em algum outro ponto do corpo, e pronto, estará bom.

Mas tomo a decisão.

E, pronto, mergulho inteira.

Me descubro no meio de um gelado e de um silêncio. Me largo.

A piscina não tem sal. Eu não bóio.

É lento o caminho para baixo.

Quanto tempo será que eu levo.

Volto.

Volto à tona da mesma maneira de sempre e que é no momento em que, e se, adquiro a certeza de que é isto que quero, voltar. Às vezes demora mais, outras menos.

Sem fôlego, pingo água e adrenalina.

Rolo, pulo, arfo, danço, berro, levito, rio, corro, camballho-to, grito e enfim abraço meus dois joelhos.

O cachorro me olha de esguelha. Sorri. Sabe perfeitamente como me sinto.

Começo a me vestir devagar. A roupa é a mesma de sempre, a que não me cai muito bem, seja ela qual for.

Nos conhecemos, eu e o cachorro. Uma convivência do tipo educada, a nossa: nos ignoramos mutuamente. É um cachorro que ninguém sabe de onde vem mas que vem sempre, a perambular e ganhar a comida que a solidão dos hóspedes e funcionários lhe traz. Nos sentamos. Eu numa espreguiçadeira que desviro, ele no degrau que dá para a varanda coberta. Com o canto dos olhos vejo que pousa o focinho nas patas, tranqüilo, mas, quando me mexo, por menos que seja, uma de suas orelhas reage num automatismo involuntário, logo controlado. Na verdade, não estamos relaxados, nós dois. Nunca estamos. No momento podemos pôr a culpa no futuro. Funcionários do turno da manhã chegarão e me encontrarão ali sentada. E a ele. Perguntarão quem sou, o que é pergunta em geral feita com um à-vontade surpreendente a considerar a profundidade desse poço. Como assim, quem a pessoa é. Meu deus, pegue um lápis, sente-se, o seminário é de três meses, com sorte. (Uma diferença entre nós: nada perguntarão ao cachorro.) Posso sair dali antes que tudo isso aconteça e ir conversar com o porteiro da noite, meu velho conhecido, que termina seu turno às sete. Posso também fazer um cooper pelo corredor dos chalés, que é comprido e não leva a lugar nenhum, duas boas qualidades. Ou faço as duas coisas. Vou à portaria, deixo a mochila com o porteiro, e depois ando pelo corredor sem precisar segurar a mochila. Mas tenho dúvidas se este meu impulso, o de tentar sempre uma coisa e seu contrário ao mesmo tempo, de fato funciona.

"Olá", diria eu ao porteiro, e ele responde "olá" como sempre fez, sem nunca ter perguntado o que faço no hotel nem se é cedo ou tarde para estar entrando ou saindo. Depois poderei dizer alguma coisa sobre o tempo: muito calor, muito frio, o mundo de fato vai acabar. E, quando eu pedir que guarde minha mochila, sua resposta será que para mim o preço é baratinho, só dez reais. Nessa hora eu rio e digo que pago nove. Ele pedirá nove e cinqüenta, e nós nos despediríamos com um "até já", deliciados um com o outro, nos fazendo carinho no braço ou nas costas, com a tristeza dos afetos eternos.

Pego a mochila e vou direto para o corredor dos chalés. Na mão, levo o celular do banheiro. Minha intenção é abandoná-lo em algum lugar em cima do murinho. O que o hotel chama de chalés na verdade é uma série de quartos com traves falsas de madeira envernizada no teto e portas de treliça nos armários embutidos e na cabeceira das camas. Os abajures são de palha, e os quadros das paredes mostram jangadas, cabanas. Esses quartos têm, todos eles, varandinhas viradas para a praia, com uma rede. As portas dão para o lado contrário, que é o corredor para onde me dirijo. O corredor é aberto, tem apenas um murinho baixo a separá-lo do jardim. E é comprido. Esqueço, uma vez lá, por que vou para a frente ou por que volto, e se estou indo ou vindo, ambas as coisas iguais. Há um barulho de vozes num dos quartos às minhas costas. Noto que uma porta se abre atrás de mim. Me viro. Sai um homem que não vi na noite anterior. Sai rápido e pula o murinho, não me vê. Vai em direção ao outro conjunto de quartos, que, por serem integrados ao prédio principal, são chamados de suítes. São mais baratos que os chalés. Observo ele se afastar. Da mesma porta ainda entreaberta, aparece a mulher de meia-idade, a dona dos pezinhos, agora soltos e tímidos, descalcinhos. Ela está de roupão. Ela também o observa. E depois, embora eu não tenha feito barulho algum, se vira e dá de cara comigo.

Cumprimento:

"Bom dia."

Não responde.

Brinco:

"Tem alguém aí?"

Minha intenção, ao repetir a pergunta que fiz no banheiro e que só eu e ela ouvimos, é induzi-la a um clima ameno, convocá-la a alguma cumplicidade, tirando o foco do homem que saiu de seu quarto furtivamente. Não funciona. Ela continua me encarando sem nada dizer.

Estendo o celular.

"Olha. Peguei no banheiro por engano. Acho que é seu, não?"

E minto:

"Confundi com o meu."

Olha o celular. Pega. Fecha a porta devagar e sem ruído, me olha até acabar o último centímetro da fresta. Ainda fico por ali alguns instantes antes de recomeçar a caminhar; desta vez numa direção determinada, volto para a piscina. Ela torna a abrir a porta nas minhas costas.

"Quem era? Aqui diz que o aparelho recebeu uma chamada. Foi você que atendeu?"

Faço que sim com a cabeça.

"Não deixaram nome. Chamaram por Antônio."

Ela hesita.

"Voz de mulher?"

"Sim."

Torna a entrar no quarto. E desta vez bate a porta com força.

Na piscina, a espreguiçadeira que desvirei continua no meio das outras ainda de lado. Me aninho nela. Se já houvesse sol, poderia fingir, para os olhos que sempre acho que me observam, que me bronzeava. Ali a paranóia fica até fácil. A área da piscina é a mais exposta para a encosta do morro. Me vejo como me veria se estivesse lá em cima, no meu ex-quarto, ou se eu fosse um dos meus ex-vizinhos: o homem que estende o tapete no muro, uma vez por semana, para que pegue sol (ele não tem emprego, só a mulher trabalha, então é ele quem cuida da casa, e cuida bem); o cachorro com coleira que toma conta da laje de um sobrado há anos em construção; os garotos com pipa; a família com a churrasqueira recém-feita. E o lixo, que é jogado para longe na visão de quem está em cima mas que, da piscina, se vê que é jogado para perto, cada vez mais perto, apenas ainda não chegou, não ainda.

A meu lado, uma palmeira em vaso e o bar fechado, com menos algumas garrafas de vinho mas o mesmo número de tijo-linhos em suas paredes. Fecho os olhos, e uma versão dos tijo-linhos se mantém presente por um tempo nas minhas pálpe-bras. Aos poucos ela se dissolve em pontinhos, uma explosão nuclear em câmera lenta. Ou um protetor de tela como outro qualquer. A última coisa que penso antes de dormir é na palavra *fim* e que ela é uma boa invenção para quando não conseguimos mais nos suportar.

O reinício vem pelos ouvidos. Uma britadeira começa a funcionar em algum ponto no interior da minha testa. Acompa-nham buzinas, o ruído surdo do gerador do hotel e o resto de algum sonho onde havia uma mulher velha e subserviente a dizer que já estava tudo pronto, já estava tudo limpo. Agora per-cebo com clareza gritos relativos a algum jogo que se ganha e se perde. Uma porta bate, um guarda apita, os ruídos se embo-lam, viram uma maré cada vez mais ininteligível e incontrolá-vel que, contudo, tenho certeza, sobe.

É o bom de morar em cidades, dá para afundar em marés.

Eu bem que tento, mas uma criança grita e ela está bem perto de mim. Já sei o que segue. Não deu outra, o espirro da água me pega em cheio.

11

Abro os olhos. Está tudo embaçado. Torno a fechar. Tento me convencer de que não preciso na verdade abri-los, que posso existir perfeitamente, concatenar idéias e palavras (poucas, mas poucas está bom), com olhos fechados para sempre. Mas em frente, tenho de ir em frente, então abro.

Um hibisco entra em foco devagar, com a ajuda de piscadelas. Ao lado, o menino corre, molhado, e, tivesse eu uma paciência que não tenho, registraria o que mais há para olhar, porque sempre há, e muito, desde que não se tente entender o que se olha, só olhar, olhar, e, quando meus olhos passam outra vez pelo hibisco, produzem um percevejo. Há uma lei, no hotel, que diz que os hibiscos devem ter sempre a copa quadrada, e, para isso, um jardineiro corta, de quinze em quinze dias, os galhos. É preciso talento para ver percevejo em hibiscos de copa quadrada. Primeiro estabelece-se um padrão visual dos galhos, folhas. E aí se porão lasquinhas, da mesma cor dos galhos, às vezes medindo nem meio centímetro, imóveis. Sou boa nisso. Meu percevejo, muito de vez em quando, se move alguns milímetros. Eu não.

Mas minha barriga sim. O café.

Me despeço pesarosa do percevejo. Preciso obedecer ao meu verdadeiro chefe e senhor, a barriga, e comer alguma coisa, tomar um café, tudo vai melhorar depois, o mau hálito e a visão de mundo.

O pão torrado está quente, o café ótimo, digo "muito bom" para a moça, mas ela quer saber se sou hóspede ou convidada de hóspede. Não conheço o pessoal do turno da manhã, nunca venho pela manhã. Digo que pago em dinheiro. Ela não pode receber em dinheiro. O café-da-manhã e o uso da área da piscina são exclusivos de hóspedes e convidados. Continua lá, com a folha de papel e a caneta no ar, sorriso multiuso na boca.

"Sou convidada do Antônio, chalé... hã... 12?"

Faço um movimento de sobrancelhas para dizer que a situação está complicada com o Antônio, sentado logo ali. Mas a iniciativa se perde. Ela não sabe quem é Antônio. Tem só nomes numa folha de papel. Olha meu movimento de sobrancelhas com curiosidade e depois se vira abrupta para o papel.

"Hã... Antônio Barreto?"

"Ele."

"Obrigada."

O sorriso se amplia. É outra pessoa. Sou outra pessoa. Ela, gentil funcionária, eu, respeitável convidada de hóspede. Descobrimos que nos damos muito bem, nós, em nossas novas pessoas. Ela se afasta sorrindo. Eu limpo, também sorrindo, farelos da minha blusa. Não estou de todo mal. Até bem decente. Mas um segurança me olha de longe, dissimuladamente, desde sempre. Ele discorda, acho. No entanto, Antônio, a três mesas da minha, está com a barba por fazer, uma cara medonha, a mesma camisa da noite anterior. Tem aparência muito pior que a minha. Não sei por que o segurança não olha para ele.

Neste momento aparece, vinda dos chalés, a mulher dos

pezinhos, eles outra vez em seus sapatos. Está arrumada e carrega uma bolsa. Poderia acenar para ela, velha conhecida, mas desanimo diante da sua expressão dura. Ao chegar perto do marido, joga o celular (o meu, o dela, o dele) em cima da mesa. Ele o põe no bolso sem olhar. Ela fala, mão na cintura. Ele olha para o nada. O nada, que já foi preto, agora está definitivamente azul. A mudança não é hierarquizável. Não sei dizer se melhorou ou piorou.

Acabo meu pão torrado. O café também acabou. Quero mais alguma coisa, só não sei se sólido, líquido ou gasoso. Olho em volta, procurando minha vontade. Encontro outra coisa.

Na varanda, onde pela manhã o hotel arma a mesa do self-service do café, descubro Agrid e Quilde, de pé, segurando suas grandes bolsas. Conheço bem e tenho muito medo dessas grandes bolsas onde se leva o necessário. Conheço bem e tenho medo do necessário. Em geral, o necessário é o outro nome de insuficiente.

Perto delas, o porteiro da noite, já sem seu uniforme, gesticula. Dá para ver que ele faz "não" várias vezes com a cabeça e depois se despede. Estende a mão para uma, para a outra, se vira de costas para sair. Não me vê.

Elas ficam, olhar parado, fixo no nada.

É estranho que ainda estejam por ali. Já deveriam ter ido embora, no meio da noite. Aos poucos entendo. Esperam por Dô, que não vai vir. Provavelmente têm o trato usual: uma espera pela outra para irem embora todas juntas, rachando o mesmo táxi, talvez o mesmo endereço, ou quase. Ficaram, provavelmente, desde sei lá que horas, primeiro uma, depois as duas, no sofá da entrada, no saguão. As bolsas ao lado, se confundindo com as almofadas. Depois servindo de travesseiro para um cochilo. Depois para que tivessem alguma coisa para agarrar com as mãos à medida que os "serás" e os "e ses" se acumulavam.

80

Sei como é.

Bubi e os outros dois homens aparecem. Vêm juntos, conversando baixo. Também se espantam de ver as duas lá de pé com as bolsas. Conversam mais um pouco, agora todos juntos de pé. Acabam sentando a uma das mesas. Conversam mais. Agrid acende um cigarro. Caíque levanta para pegar comida na mesa. Vem um bule de café que Quilde serve para os outros.

Bubu gesticula muito, o dedo em riste. Agrid balança a cabeça. Quilde também vai pegar comida. Depois Bibu. Sentam, levantam, bebem, comem, derrubam coisas na toalha, acendem cigarros, apagam, se coçam, espantam moscas, olham em torno, desvio o olhar. Disfarço. Faço sinal para a atendente da área da piscina. Quero mais um café.

Quando o cachorro reaparece, vindo da escadinha (em desobediência à tabuleta que diz que a entrada é só para hóspedes), só eu o vejo. Tem o pêlo molhado e o ar que cachorros com o pêlo molhado têm. Na sua boca, uma das sandálias verdes de Dô.

Uma voz que só pode ser minha berra "não!, não!", mas ele não escuta.

Já está perto da piscina agora. Parece indeciso, sem saber aonde vai e o que fazer com a sandália. Larga-a nas pedras São Tomé, rajadas de rosa e branco, que ficam assim sujas de areia. Trata-se de uma segunda desobediência. É expressamente proibido sujar a piscina com a areia da praia em frente (entope os filtros). O cachorro tem o ar culpado. Me inquieta a possibilidade de eu também ter. Afinal, fizemos a mesma coisa. Ambos passamos ao largo do chuveiro e do pingo de água que não se altera, haja ou não alguém embaixo, e viemos direto, com nossa areia e nossas indecisões, para a piscina. E ambos achamos que aquele pé de sandália é algo fascinante, sirva ou não para calçar um pé.

"Olá."

Alguém falava comigo. É impressionante como repetem sempre o mesmo erro, não é para falar comigo, sempre acho que minha cara não deixa dúvidas quanto a isso, e no entanto. Cumprimento com a cabeça. É o cara que saiu do chalé da mulher dos pezinhos. Ele está de calção de banho pequeno. A barriga cai por cima. A mulher dos pezinhos continua em cima deles, em mesa próxima, de costas para nós dois, berrando baixo com o marido. Não o vê.

O cara tem um copo na mão, parece gim-tônica. Pergunta se pode sentar.

"Por mim..."

Senta. Começa a falar. É representante de grande organização de turismo, uma espécie de clube de viajantes. É responsável pelo cadastramento dos hotéis da organização. As pessoas que se associam à organização pagam menos nos hotéis cadastrados. As mensalidades são baratas mesmo, e, além disso, há prêmios, sorteios, programações extras. Depois me dará um folheto. Se eu me interessar, é só preencher o canhoto. Sem compromisso. Poderei usar a organização por um mês antes de me decidir. É promoção por tempo limitado. E, ah, os hotéis são ótimos.

Cita nomes de hotéis. Presta atenção para ver se reconheço os nomes. Faço cara neutra, ele fica na dúvida se conheço ou não. Eu também. A função dele justamente é viajar sem parar, fiscalizando esses hotéis, para ver se mantêm o nível de qualidade de atendimento.

"É uma vida muito boa."

E balança o copo, além da cabeça.

Quer saber se conheço Caldas Novas, Fortaleza, Gramado. Cada palavra dessas vem acompanhada de uma descrição de alguma coisa muito boa. Em Fortaleza é a lagosta, vendida em lugar famoso mas escondido; para chegar lá, tem de saber como fazer. De vez em quando ele confere se a avaliação dos meus peitos e coxas continua a mesma. Não consigo saber se a avaliação é boa ou ruim. Acho que ele também não.

O cara termina seu gim-tônica e fica balançando o copo vazio, constrangido em pedir o segundo. Pergunta se não bebo nada, dando a entender que pode pagar, caso eu queira. Fala alguma coisa sobre como é triste mulher viajar sozinha. Diz que algumas até choram à noite.

Nesta hora seu olhar vai, sem querer, para a mulher dos pezinhos.

Ele vai ficar no hotel mais um pouco, até a gerência chegar, para resolver uns papéis e depois segue viagem. Parati. E depois São Paulo. Se quero ir para São Paulo. Sou honesta.

"Querer, não quero. Mas vou. Querer, eu queria ir para um lugar que começa com a letra K, cujo nome não sei inteiro. Tem umas vogais lá pelo meio."

Olha para mim pela primeira vez.

Continuo:

"As vogais são muito boas."

Balanço a cabeça. Só não balanço o copo porque não o tenho. Ele olha mais para mim. Depois levanta. Diz que já vai. Fala, baixo e subitamente apressado, que tem de fazer alguma coisa. Não escuto bem. Alguma coisa, antes de seguir viagem. Pegar uns papéis. Dar um telefonema. Aponta vagamente em direção ao seu quarto. Bate no meu ombro.

"Volto já para falar com você."

Faço cara interrogativa.

"Sobre a carona."

"Ah."

Fala mais enquanto sai, meio de costas.

Dou um tchauzinho.

"Até já, então."

Olho para minhas pernas esticadas na espreguiçadeira. Depois que eu tomar meu segundo café, pretendo ficar nesta posição, sem me mexer, para sempre. Respira-se muito bem no nada absoluto.

Alguém grita. Não há gritos no nada absoluto. Tento me convencer de que inventei esse grito, mas vejo que o cachorro também escutou, porque se vira, orelhas em pé, espantado.

Quilde, da varanda, olha para a sandália verde de Dô. Tapa a boca com as mãos. Dou razão a ela, a sandália é mesmo um espanto com seu verde-esgoto-químico. E as pedrinhas no fecho.

Todos na mesa de Bubi se levantam. Uma cadeira cai para trás.

Respira-se menos bem quando o nada não é absoluto.

12

Chega o segundo café. Está ótimo. Atrás de mim, frases ondulam em colinas de sons. Quando atingem um cume, há um "shhhh" que as empurra para baixo, só para depois tornarem a subir, num novo cume. Me viro. Estão todos em volta da sandália. O menino que mergulhava na piscina também olha a sandália. Tenta ver o que os outros vêem. Alterna olhares para o que lhe parece ser uma sandália e para os rostos dos adultos, que olham mais que uma sandália. Seu calção largo escorre água. Ele cruza os braços no peito nu, com frio. Esse menino era conhecido do hotel, fazia pequenos serviços, se dizendo guia de turismo. Para ganhar uns trocados, repetia aos hóspedes, em voz monocórdia, dados históricos sobre os arredores, o costão, a avenida, o morro. Sempre usava as mesmas palavras e a mesma voz sem entonação. Achava, decerto, que, uma vez encontrado algo que parecesse certo, repeti-lo o protegeria dos erros. Eu não saberia dizer, ainda procurava, procuro, por algo que pareça certo.

85

Esse menino, cujo nome eu nunca soube, tomava banho de piscina nos horários mortos do início da noite e início da manhã, em dias também mortos, quando não havia ninguém, muito menos outra criança com quem pudesse brincar, quando o barulho do seu pequeno corpo caindo na água parecia um som-fantasma a espantar outros fantasmas (o da recessão, do desemprego, o das coisas que quebravam sem ser substituídas). Todos no hotel gostavam que ele viesse, todos fingiam não vê-lo. Era melhor assim. Para todo mundo.

Além do menino, estava, junto ao grupo de Bibu, o meu avaliador de hotéis, peitos e coxas. E, agora, de sandálias.

Sinto vontade de rir. Por um breve segundo consigo me convencer, nesta hora, que Dô dorme, vai acordar, provavelmente lá pelo meio-dia, e que nenhum olhar, por mais perscrutador que seja, em sua sandália iria mudar isso. Olhos ou atos. Ou lembranças.

Ajeito-me na espreguiçadeira e noto, antes de fechar os olhos, e sem dar importância ao fato, que o casal de meia-idade sumiu.

O sol começa a ficar forte. Não gosto de sol. Mas faço um plano. Ficaria no sol, pegaria um bronze. E chegaria na casa de Lili (e no endereço do cartão do Steve) morena cor de jambo com cabelos afro de trancinhas e contas coloridas. Não. Steve acha que meu nome é Shirley. Shirley Marlone. De Miami. Chegarei platinum blonde, a pele muito branca. Faço mais um piercing. No pescoço. Uma medalhinha de santa Rita saindo direto da pele, para que eu não a perca.

Trancinhas afro e piercings católicos devem ter alguma equivalência em alguma tabela de coisas in. Deve haver alguma tabela de coisas in. Eu é que não conheço.

Mas uma sombra passa por mim. Abro os olhos.

O segurança.

Ele entra em foco mais rápido do que o percevejo de há pouco. Por trás dele passa Caíque, se espremendo para não cair na piscina. Amplio o foco. Caíque segura o pé da sandália com a ponta dos dedos. A sandália ainda tem areia. Olho para o segurança, mas ele não parece se preocupar com a areia. Sou eu, definitivamente, o que o preocupa.

Atrás de Caíque vem, em fila indiana, todo o meu passado recente-futuro imediato daquele dia: Bubby, Agrid, Quilde e Tony. É afinal o desfile mudo pelo qual tanto ansiei na noite que passou. Poderiam ter a boa vontade de dançar um pouco, tocar um banjo sem som, pôr umas fantasias.

Seguem em direção à escadinha que dá na praia. Escuto algumas das frases em colinas. Agrid acha que ela não pode ter feito tamanha besteira meu deus. Caíque se irrita e diz para ela parar de ser idiota.

"Você acha que alguém se mata com dinheiro?"

E completa, didático:

"A pessoa se mata sem dinheiro, idiota."

Quilde não acha nada, mas procura. Procura, na minha opinião, não perder a si própria, porque mantém os braços cruzados sobre o peito, apertados. Os soltasse, e escapava de si mesma.

"A estas horas Dorothy está longe, rindo de todos nós", garante Tony sem convicção.

Bubi não fala. Mantém a boca cheia de outro tipo de coisa. Pão com geléia. Come em mordidas grandes que se encavalam, a nova chegando sem esperar que a anterior seja engolida.

Tony diz, hesitante:

"Mas, na verdade, pela frente ela não saiu, porque foi isso que o porteiro disse, não foi?"

Quilde faz um sim vigoroso com a cabeça.

Pela primeira vez o segurança fica com sua atenção dividida. Não sou mais só eu o perigo, o imprevisível, nesta jornada de trabalho. Os outros também são. Parece feliz. Depois de tanta figuração, de ficar ao fundo, enfim ele irá ganhar destaque, com direito até, quem sabe, a alguma fala. Mexe na cintura, coça um volume dentro da roupa. Não na habitual virilha. Fico alerta para a possibilidade de um revólver. Seria uma contribuição e tanto à cena. Mas não. É só a expectativa de que algo enfim aconteça. Isso lhe dá coceira nos órgãos genitais, que ele não pode coçar em serviço. Então, coça perto.

Bubu põe o último pedaço de pão na boca. Nossos olhares se cruzam. Mas é apenas um segundo, antes de ele desviar os olhos. Ainda não sou importante. Mas vou ser.

Começo.

Digo:

"Você deve saber onde a moça está, não?"

(Na verdade não sei por que faço essas coisas.)

Bubby me olha.

Não é só ele quem me olha. São todos.

Mas ninguém mais, além dele, sabe com quem, ou de quem, estou falando.

Bubu tem um pouco da geléia no canto da boca.

Gaguejo na hora de continuar. Não que eu tenha o hábito de saber para onde vou, mas nesta hora fico mais indecisa que de costume.

"Eu... eu estava no caramanchão, ontem à noite, vi quando você, o senhor, desceu até a areia. Foi logo depois de a moça passar."

Continuam me olhando, como se eu falasse uma língua estrangeira. Não tenho muita paciência, elevo o tom da voz, é para ir mais rápido do que isto, gente, tenho um ônibus a pegar.

"A moça de calça de couro marrom, com essa sandália aí."

Não tenho mais muito que dizer, ou fazer. Mas continuam me olhando. Pedem mais, querem prolixidade. Aquiesço.

"Bebi um pouco demais ontem no jantar e fiquei no caramanchão da praia durante algumas horas de madrugada, esperando me sentir melhor e..."

Olho para o segurança. É para ele que falo, dou explicações, angelical, respeitosa de sua autoridade.

Quando volto meu olhar para Bibu, vejo que ele sofreu uma transformação. Tinha ido do muito vermelho ao muito branco. E muito rápido. Estende a mão, se apóia numa das espreguiçadeiras.

"Ele desceu logo depois da moça, por isso estou falando."

Dirijo-me agora diretamente à geléia:

"O senhor fumava um charuto. Estava com cueca branca. Acho que o toco do charuto ainda deve estar por aí, na areia."

Bubby olha para mim de muito longe. É como se houvesse alguma coisa para compreender e ele até compreenderia, se soubesse o que é. Tenho vontade de dizer que estamos na mesma.

Olho para ele, um quadro. A geléia no canto da boca, o branco do rosto igual ao da camisa pólo, onde reparo num cavalinho bordado. Bubu só não cai porque está apoiado, agora com as duas mãos, na espreguiçadeira. Eu, pelo meu lado, não sei se conseguiria ficar em pé, caso estivesse em pé.

Neste momento já começo a desenhar a cena para o futuro, já começo a contar como contaria depois, num futuro que afinal acabou não vindo. Eu, numa roda, com Meire e todos os outros, incluindo os que já tinham sumido naquela época. E eu conto:

"Deixei ele lá, a geleiazinha no canto da boca, e vim."

Risadas, Meire dá algum outro detalhe engraçado. Mais risadas. As risadas, neste meu desenho, não estão fazendo barulho. Nada faz barulho.

Percebi em algum momento, depois, nesse tempo todo que passou, que o que mais me atraía na frase "Deixei ele lá e vim" era o "vim". Sei hoje que disse o que disse — que Bubu estava na praia na mesma hora em que Dô supostamente se suicidou ou foi suicidada — como uma tentativa de evitar o ônibus que me levaria de volta à Lili e ao ranço de onde escapei com tanto custo. Era para criar algum fio que me prendesse. Servia um elétrico, do tipo que dá choque. E foi o que escolhi.

(Não era a primeira vez que eu tentava dizer a frase, embora na vez anterior eu a tivesse dito só para mim, compensando, em repetições obsessivas, o que me faltava de platéia. Deixei ele lá e vim, e, quando pisei no sol do lado de fora, a mulher ainda gritou: "Ei, não vai levar as cinzas?". Eu disse "não", com a cabeça, sorrindo e sem me importar que ela me visse sorrindo. Já dava para sorrir sem susto. Nada mais podia dar errado. A falsificação da assinatura da minha irmã tinha passado, em meio a um diálogo:

"Mas nenhum outro parente pode vir pessoalmente entregar a declaração?"

"Não, não pode..."

E não podia, e pronto. E minha mãe, a dona Lindomar, muito idosa, sabe. E minha irmã com seus compromissos de horário de trabalho. Ou o compromisso de fumar a tarde toda na janela, tanto faz, ela também não viria. Então entreguei o papel assinado por mim, com firma reconhecida em cartório, e me apresentei como sendo minha irmã, e assinei o nome dela por ela, na frente da mulher, mostrando no ato a carteira de identidade dela, cujo retrato, com boa vontade, não diferia muito do que a mulher via, maquiagem, óculos escuros e esforços de penteado atuantes, na sua frente. Somos todos magros na família, e — isto a mulher não viu — com iguais olhos vagos e nervosos, muito abertos sempre.

Então, ao sair do crematório, deixando lá para sempre o rosto do meu pai, que eu não sabia mais há muito tempo como era, eu tinha no que pensar. E pensava no que sempre penso, todas as vezes que deixo para trás algo ou alguém — aí incluindo um dos meus eus ou mais de um — e venho para um lugar que nunca sei qual é, nem me importo. Então, naquele momento, na borda de uma piscina e ensaiando mais uma história do tipo deixei ele lá e vim, me ocorre que a reta que eu teria de tomar para ir à rodoviária não era diferente da reta da rua da Mooca, de onde saí um dia para tratar do cadáver do meu pai. No fim, são sempre os mesmos carros que passam, por qualquer que seja a reta.)

O sol vai ser forte.

O sol, num dia de um milênio qualquer, prega em seus lugares em volta de uma piscina algumas pessoas (estou entre elas). Passam-se outros muitos milênios.

Todos nós nos calcificamos e mantemos nossas formas originais por estes novos muitos milênios porque não há vento. Mas, assim que soprar uma brisinha, o que pode acontecer a qualquer momento, iremos todos ao chão, poeira. Nós, as cadeiras, o hibisco e, se eu apertar o olho, o percevejo do hibisco. Todos areia. E cobriremos o azul da piscina, que na verdade é um cristal de vidro, também muito antigo, uma formação rochosa peculiar que parece translúcida e é dura como o mais duro de todos os materiais existentes. É Marte, estamos em Marte. E só há esta consciência difusa que gira sem controle nem finalidade, e sem fazer vento, presa que está na tênue atmosfera de uma bola de areia e pedra.

Algo se mexe em Marte. É Caíque.

Ele tem um sobressalto, treme e, de repente, joga a sandália longe, em direção da areia.

Depois fica olhando em torno, envergonhado de seu gesto

pueril. Tenta falar alguma coisa para alguém, mas só os lábios se mexem por uns instantes, sem sair som. Mas é tarde, é ele o vento, nos desmanchamos todos.

O segurança vai, rápido, atrás da sandália.

Agrid e Quilde se abraçam e afundam o rosto uma no ombro da outra.

Tony olha para Bubi e para Caíque alternadamente. Diz com voz de comando, que parece ridícula nas circunstâncias:

"Um instante, gente. Esperem um pouco."

Bubi continua a olhar para mim. Agora não parece mais tão branco. Não parece nada, só olha para mim. Ponho o dedo na minha boca, no local onde está a geléia na sua boca. Ele não tem reação.

"Está sujo."

Digo isso baixinho e sorrio.

Ele continua parado por um tempo, depois lentamente limpa a boca e fica olhando o sujo no dedo, cabeça baixa. Murmura, para mim:

"Eu não cheguei a vê-la."

Ganha confiança. Fala para todos.

"Isto é absurdo. Desci, sim, para catar aquela filha-da-puta. Mas não a vi."

Faz uma pausa e continua:

"E de qualquer modo, porra, nem me esforcei muito, afinal, nem era muito, uns cem, duzentos paus."

É minha vez de olhar para ele: cem, duzentos paus?

Mas o segurança está subindo a escadinha. Traz a sandália de volta e mais outra sandália igual que pinga água. E mais o toco do charuto.

Faço um som com a boca que não sei bem que sentido terá. É mais uma tentativa de ganhar tempo, de retomar as rédeas que me escapam de repente. Mas meu número passou.

Ninguém mais, incluindo Bibi, presta atenção em mim. O segurança quer saber por que o doutor Bubil acha que a pessoa desaparecida era filha, ahn, da puta. E como foi exatamente que ela desapareceu. E se era hóspede registrada do hotel. Agrid e Quilde estão chorando abraçadas e tapam com a mão o lado do rosto que está mais próximo de Bubu. Tony e Caíque olham fixo para ele. E eu descubro uma afta na parte de dentro da minha bochecha esquerda. O vinho de fato não estava muito bom.

Pego a mochila e vou.

Ninguém nota.

13

Quando passo, de saída, pela varanda, recupero o casal Antônio-Pezinhos. Ela dobra um guardanapo de papel várias vezes. A cada vez, passa a unha do indicador na dobra, para marcá-la bem. Se concentra nisso e não olha mais nada à sua volta. Ele treme como se tivesse febre. Tem a cara de quem bebeu muito. E, tenho certeza, a boca cheia de aftas.

O guardanapo já está muito pequeno, mas a mulher continua a dobrá-lo. Tenho de seguir, mas não consigo, fascinada pelo guardanapo que se dobra sobre si mesmo e desaparecerá por completo, sem deixar traços, na próxima dobra dali a um instante. Noto que há vários outros guardanapos já dobrados, minúsculos, na frente dela e que se desdobram devagar, em movimentos discretos, para que ela não note a desobediência. São ensaios ainda do desaparecimento total que virá a qualquer momento.

Com o canto dos olhos vejo que Meire chegou, ainda sem uniforme.

Ela se aproxima, e eu digo:

"Tudo bem?"

O casal nos olha pela primeira vez, e eis algo que fazem juntos. Eu e Meire nos afastamos.

Abro a boca para contar que todos no hotel acham que Dô se afogou ou foi morta por Bubu e que isso é uma história de minha autoria. Penso em meter o percevejo no meio, deixando para o final o guardanapo e seu quarto estado da matéria. Mas, seja porque hesito diante da magnitude da tarefa, seja porque Meire não me parece particularmente interessada, fecho a boca. Há mais uma razão para eu ficar calada: não dissera à Meire que o Bibu do hotel era o mesmo Bibi do salão de testes. Portanto, ela não iria entender por que fiz o que fiz. Olho para ela. Não entenderia mesmo se soubesse. Olho para mim. Eu também não. Olho outra vez para ela. Não entenderia nada de assunto algum, está com a cara muito parecida com um papel em branco. Então repito:

"Tudo bem?"

Ela diz que está tudo bem e depois diz o que considera tudo bem.

Teresa não foi embora para sempre, como tinha ficado estabelecido durante a briga. Apenas sentou-se no último degrau da escada. Ao sair do caramanchão, Meire sobe a pé. Atravessa a avenida ainda sem movimento mas com o poste do 177 já cheio de gente esperando. Sente-se cansada para mais este dia que começa. Não falta muito para as seis horas. Na praça, a farmácia, a mercearia ainda estão fechadas, mas, nas Kombis, um dos motoristas já está no volante, esparramado, porta aberta, copo de café na mão. Seriam uns quinze minutos de espera, outros vinte até lá em cima. Mas ela tem dúvidas se quer mesmo chegar em casa e então, na hora mesma em que passa pelas Kombis, decide continuar, e fica vendo o pé dar um passo e mais outro que a fazem passar reto pelas Kombis e enfrentar a subida, íngreme e neste dia mais íngreme ainda, o vinho, o fumo, a briga com Teresa, e o resto todo, sempre presente, no fundo, e mais o ruído surdo que nos come a todos, o da cidade que fica para trás, assim que se sobe. Meire sobe devagar, querendo não subir. Sabe que pode voltar para o hotel e trocar de roupa por lá mesmo. Como os outros funcionários, mantém uma muda de roupa no vestiário. A subida é mais íngreme até o portão azul da Almirante Tamandaré. Ela fica muito cansada desta subida. A cada curva seu coração vira um tambor. Sua muito, e as pernas só obedecem se ela usar de toda a sua autoridade sobre elas. Faz um parêntesis para dizer que está velha para noitadas e ri, para mostrar que não está velha para noitadas. Depois vem a subida menos íngreme até a Benedito Calixto, e depois a pior parte, a mais penosa, passando pelo largo do Santinho, a placa de "vende-se sabonete pintado" da Rita, o cabeleireiro Stylus e, enfim, lá em cima, nas nuvens, o Sobradinho. E, a cada curva, a respiração ruidosa, o suor, mas também uma alegria, uma calma que ela não explica nem precisa, a sensação de estar em lugar conhecido, as pessoas descendo apressadas, o trabalho, as crianças para a creche, o "oi, oi", e a noção de incrível superioridade que dá olhar praias, edifícios, de muito longe e para baixo. Meire chega no Sobradinho e pára um instante para descansar. Tem sempre uma brisa, lá, e um silêncio que inclui o outro ruído surdo, este baixo e difuso, que vem do alto do morro, dos milhares de casas do morro, inquietas. Ela fica lá, só respirando, depois dá mais uns passos. Nesta hora passa a Kombi. Vem quase vazia. Nessa época era um real para subir, oitenta centavos para descer. Sempre sobe mais gente do que desce. Mas não nesta hora da manhã. No ponto da curva da igreja evangélica já há gente esperando para a descida. Meire acena para eles. Respondem. Ela não tem mais nada a fazer senão ir para sua escada. De longe já viu a moto de

Teresa presa com a corrente no muro pichado com o anúncio de uma rifa que correu faz tempo, o qual ninguém se deu o trabalho de apagar. Teresa não foi embora, Teresa está lá. Mas Meire se sente bem, está bem, e isso é tudo. Meire sobe a escada, não fala com Teresa, passa direto. Teresa levanta do degrau, vai atrás dela. Começam a andar na viela estreita. Teresa a imprensa contra o muro. Se beijam. Entram abraçadas na casa. "É isso."

Digo eu alguma coisa, afinal. É pouco que tenho a dizer: o hotel está em polvorosa, todos procuram por Dô, considerada, se viva, ladra.

E que, por isso, o melhor é que ela continue desaparecida. Meire bate com a mão na testa. Com a briga e, principalmente, com as pazes, esqueceu de passar no 829 e avisar a dona sobre a mudança de inquilino, saio eu, entra Dô.

E que a mulher levará um susto quando for Dô a abrir a porta do quarto, ao acordar.

E Meire acrescenta:

"Aliás, sai você? Tem certeza? Olha que é beliche, hein..."

"Não. Vou. Fui. Escuta..."

Faço uma pausa. Sei que devo avisá-la da peça que preguei em Bibu. Posso precisar da cobertura dela para confirmar alguma coisa. E sei que precisaria dizer mais alguma coisa, mas na minha cabeça só um bloco de cal.

"Praticamente acusei o cara que estava com ela pelo sumiço. Disse que o vi indo para a praia, o que é verdade. Vi. Foi pouco antes de vocês chegarem. No momento ele está suando explicações ao segurança, que espera a gerência chegar para ver se chama ou não a polícia."

"O gerente não vai querer chamar."

Eu também achava que era melhor não. E que ia ficar só um suadouro do Bibi na piscina, e pronto. E já estava bom.

Estamos chegando, as duas, no saguão de entrada. Ainda a tempo de ver meu avaliador de coxas, peitos e hotéis passar com seu carro a toda a velocidade pela guarita. Eu e Meire nos abraçamos sem falar nada, e sigo a pé. Cumprimento o porteiro do dia, que não me conhece. Ele me olha com curiosidade, sem responder.

Entro num táxi.

"Rodoviária, por favor."

É difícil acreditar que o que passa pela janela não é um filme.

14

Estou sentada há tanto tempo que nem lembro quanto, no salão de embarque de uma rodoviária. Olho para bandeirolas. Estão no teto. Se agitam. Estão presas em fios. Dão risadinhas banguelas ao vento. Têm o papel descolorado. Devem fazer a mesma coisa, em seus intervalos irregulares, desde a construção da rodoviária. Desde a emersão dos continentes. Didática, eu me digo: estão tentando ir embora como todos nós. Apenas têm mais ímpeto, as bobinhas. Embaixo delas, o resto de nós. Somos gordos e parecemos dormir. Mal cabemos nas cadeiras de plástico pré-moldado. Somos mesmo muito parecidos com nossos pacotes, malas e sacolas que ocupam o restante das cadeiras. No primeiro olhar, não conseguimos (nem tentamos) distinguir qual cadeira com pacotes, qual com pessoas. Há também crianças e moscas. São elas que nos salvam. De vez em quando precisamos mexer um braço para espantá-las ou chamá-las, o gesto é igual.

Deve ser assim desde o começo, qualquer começo, de ano

fiscal, gestão administrativa, século. Imediatamente, sendo um começo, alguém pendura bandeirolas.

Deve ser porque esse alguém acredita que as bandeirolas alegram as pessoas que esperam os ônibus. Pode ser. Mas as bandeirolas e as pessoas ficam, grudadas nas cadeiras e nos fios, elas em cima, nós embaixo. Já os anos e ônibus, esses vão.

Passo mais algumas décadas na cadeira. Com o tempo, começo a perceber o real motivo de existir bandeirolas. Não existissem, e eu estaria olhando um bege, o do teto. Seria pior. Não há nada a dizer sobre bege.

É neste momento que a cara de Bubby se interpõe entre mim e meu assunto.

Ele me oferece a mesma curiosidade que eu dedicaria ao bege.

Devo estar bege.

Bubu diz:

"Venha."

Finjo que não é comigo. Ele insiste.

"Ande."

Faço um rápido balanço: o que tenho na mochila, o que tenho no vão do sutiã (e, por falar nisso, nos dois bojos), para onde vou: já disse, para a puta que me pariu, metafórica e literalmente. Baqueio, ele sente.

Pega minha mochila e começa a andar. Nem olha para trás para ver se o sigo.

Há fios e fios, as bandeirolas têm os dela, tenho os meus.

Vou.

E faço o juramento, que não irei cumprir, de que a bostona, fajuta e cagona da Meire me pagaria por ter alcagüetado onde eu estava. Ela sabia que eu ia comprar passagem para o meio da tarde. Domingo, chego à noite, o mais fácil, um papo rápido com Lili e minha irmã na pontinha do sofá, e logo já um boa-noite. Dia seguinte, a vida delas, a presença delas, eis o empurrão de que sempre preciso para me expulsar para o depois, algum depois, sempre os há.

Na saída, seguindo Bubu como um cachorro, vejo meu ônibus já estacionado. Entrasse, e sentaria na poltrona número 15, passando a fazer parte de um mundo onde vacas pastam nos morros (oferta dos meus olhos, pedi janela). Mugindo em inglês (oferta dos meus ouvidos, é ônibus deluxe, a televisão fica ligada em filmes idiotas o tempo todo). Bubu continua. De vez em quando se vira, e ralenta o passo quando nota que está indo muito depressa para o meu ritmo. Tem as sobrancelhas zangadas, e a boca. Mas não os olhos. Nos olhos passa, fugidio, um acolhimento, uma paciência quase divertida para que eu me explique.

Perto da loja de chocolates e revistas, minha irmã e Lili abrem uma porta-fantasma no muro branco. Na porta verdadeira, a da casa que é a delas mas por direito também é minha, há várias trancas, chaves e ferrolhos. No muro, elas ficam, como sempre, muito magras, os braços cruzados no peito, dizendo para mim palavras sem som que entendo perfeitamente: "Ora, ora, quem é vivo sempre aparece".

E me examinam, irônicas, com seus olhos de ave de rapina, enquanto passo.

O carro de Bubu está num estacionamento novo, aberto pouco antes, ao lado da entrada dos fundos da rodoviária. Na época ainda era um local pouco conhecido e, por isso, estava vazio com grandes cartazes dizendo "novo" e o preço em vermelho para se fingir de barato. Há uma música, de algum rádio, que acolho com os quadris. Está tudo bem, é só continuar a andar, penso, nós dois, ele um pouco à frente, eu um pouco atrás, sem nunca chegar, e tudo ficará bem. Ele paga, destranca o carro, abre a porta para mim, dá a volta, larga a mochila no banco de trás, entra, liga o carro.

Vamos.

Não dizemos.palavra por todos os sinais fechados e abertos, retenções e desvios, crateras no asfalto, obras abandonadas, mendigos, muros pichados, as lojas de rua fechadas e pichadas, as placas de "vende-se" já velhas, caindo. Estendo uma mão devagar para diminuir o impacto do que poderia ser considerado um abuso e ligo o som do carro. Tem um uuu enroladinho, americano. Serve. A cidade começa a me parecer cada vez mais distante, e eu estou cada vez melhor. Encosto a cabeça no encosto, pergunto ao teto do carro, com a confiança de quem sabe que ele não vai responder:

"Para onde vamos?"

O teto não responde, Bubi também não, nem toda a filosofia que li sem entender, só por ler, em livros sujos, cujas páginas sempre se rasgavam ao menor toque, amarelas quase marrons, que mais marrons ficavam em comparação com o branco do papelzinho colado na contracapa de trás, onde entrava uma ficha, uma data, um compromisso, um elo com alguma coisa que eu esperava que existisse.

Mas sei para onde vamos, o hotel.

Cruzamos a portaria, e o porteiro, o novo, o que há poucas horas não me conhecia, agora me cumprimenta, atencioso. Ou ao carro. Gostaria tanto de não ter chegado. Echarpe ao vento, continuaria pelo deserto de Nevada, a bordo do meu Greyhound a caminho de, talvez, Houston. Eric Clapton. Ponho meus óculos escuros. Tenho a esperança de que eles, pelo menos, me ajudem a recuperar uma Shirley Marlone a cada minuto mais improvável.

Bubi pergunta onde está Dorothy. É como descubro que Meire afinal não disse tudo, que, na verdade, disse quase nada, a vaca.

Abro:

"Deve estar numa dessas casinhas ali que você vê daqui, dormindo como uma santa na cama de baixo de um beliche meio merdel mas com bonita vista da janela. Estará lá à nossa espera, caso queiramos chamá-la para algum momento retumbante."

Explosões e pirotecnias não vai dar, explico a Bubi, porque cansei. Mas, se ele fizer questão, pelo menos porta arrombada, gritos de ladra!, ladra!, isso posso arranjar. Mas só se ele fizer questão, acrescento, porque senão ficamos por isso mesmo, e pronto. Ele vai lá, sozinho mesmo, dou o endereço, e não precisa ter medo, favelado não morde. Pega o dinheiro, finge para todo mundo que era pouco, eu finjo que concordo, e pronto, fim. É um blefe, mas ele não sabe disso, eu quase que não sei, também.

Bubu não responde. Estamos no seu quarto. Ele está de pé na minha frente e parece ter certeza de que quer ir para o pequeno espaço ao lado do frigobar. Mas, assim que chega, vira-se e quer ir, com igual certeza, para perto do armário, onde estava antes. E depois repete. Tem essas duas certezas há vários minutos. Fico com inveja, não consigo ter nenhuma.

Tento pará-lo. Ofereço.

"Está bem, levo você lá."

Comportadamente, atravessaremos a avenida no sinal, subiremos na Kombi que sempre enfia mais gente do que cabe em seus bancos, e mesmo em pé. E subiremos as várias curvas, cumprimentando quem passa pela calçada estreita e colada na Kombi, e faremos cara de cego para os PMs armados até os dentes que tentam manter a dignidade entre mulheres grávidas com crianças, passarinhos pendurados nas gaiolas das biroscas, motos que buzinam, furiosas, para que saiam da frente. Podemos fechar os olhos e contar, pelo movimento do corpo que se inclina ora para a esquerda, junto ao passageiro do lado, ora para a direita, de encontro à porta, todas as curvas da praça até o ponto final no Sobradinho, conta esta que já fiz e refiz muitas vezes, sem nunca ter certeza de seu resultado, seja porque me distraio com pensamentos, seja porque há curvas dúbias, que podem ser consideradas curvas ou apenas tendências de um morro que não sabe se desaba de vez em cima da parte mais rica da cidade ou se sobe para sempre na mata virgem. Nunca soube em que número me dependurar e me embalar até chegar no céu. Inventava algum, às vezes.

E uma vez lá em cima eu e Bubby dobraremos à esquerda ao lado da entrada da casa, desceremos uma escada, entraremos na segunda porta, ignoraremos caras e falas da dona da casa e arrombaremos a porta do quarto sem necessidade. Bastava abrir. Como todas as portas daquela casa (incluindo a do armário de bebidas da sala), esta também não fecha direito. Dô acordará de um salto e dirá:

"O que querem? O que querem?"

Mais uma das tais perguntas que não deveriam ser feitas com o à-vontade com que são feitas.

E nós dois (eu e Bibi), e mais os vizinhos, e Tony e Caíque, Meire, Agrid e Quilde, e a dona da casa, e a turma da birosca, todos parlamentaremos, discutiremos, estabeleceremos metas, prioridades. Alguém pedirá ordem nos debates. E faremos uma ata com as principais idéias que surgirão sobre o que deveremos, afinal, querer dali para a frente, já que o que achávamos que queríamos não deu certo. E então, para todo o sempre, passaremos a saber o que deveremos querer. Mas Bibu não está achando graça. E diz, ríspido:

"Ela não está lá."

Olho para ele.

Isso eu já sabia.

O que eu não sabia era que, enquanto eu me desmanchava como um pudim no bege da rodoviária, subiram no meu exquarto. Aonde Dô, claro, nunca chegou.

15

Bubi em nenhum momento se refere ao meu ex-quarto como meu ex-quarto. Meire continua sendo uma garçonete sem nome. Ele não sabe que somos amigas, que fomos ex-vizinhas até o dia anterior. Dô continua sendo Dorothy e mantém suas Dores insuspeitadas. E ele me chama, com comovente segurança, de Shirley. Adoro a Meire, a muda.

Ele acha também que deixou de ser o principal suspeito do desaparecimento de Dorothy e que eu, que a vi por último, passei a exercer tal função.

"Você tem muito a dizer."

Olho para Bubby. Como explicar Dô. Como explicar o que não tinha, tenho ou terei como explicar. Tento sair pelo lado.

"Bem, você sabe como ela é, não preciso falar."

Preciso.

Digo a Buby o que, à medida que digo, se torna possibilidade genuína. Que Dô, assim que sai do hotel (omito o caminho das pedras, para não complicar), encontra um conhecido ou mesmo desconhecido. Entra em algum carro bonito. A possibilidade Mamãeoutrinha também me parece promissora. E neste caso, digo, devemos fazer Agrid falar. Ou Quilde. Dorothy pode ter recebido uma chamada de Mamãeoutrinha pelo celular e emendado outro programa. Ou, e isto não digo, podíamos apertar Meire para que fale quem mais Dô conhece, no morro e no asfalto. O que, sim, falo é que não quero mais saber onde Dô está ou não está, que não controlo na verdade o destino de ninguém, nem sequer o meu. Que entrei nisso por pura solidão, por não saber de mim, coisa que bate em pessoas nas piscinas de hotéis, nas ruas e rodoviárias das grandes cidades, em quartos vazios, com vista ou sem, estando ou não em frente de um computador, como agora que escrevo isto, as paredes brancas manchadas, o cinza da mesa.

E que, em geral, mal percebo o que se passa à minha volta. Bibu me olha.

(Ele está sentado no sofá da minha casa, enquanto escrevo isto.)

Eu teria mesmo de fazer grande esforço para inventar algo plausível, em que ele pudesse acreditar, sobre muitas coisas, do meu passado e do nosso presente. E, no dia em que estas coisas aconteceram, no quarto dele no hotel naquele dia, eu também teria de me esforçar muito para dizer alguma coisa que fizesse sentido, sobre Dô. Não iria falar em imagens de bunda, a bunda na calça marrom, flutuando em ondas, que era a única coisa que estava na minha cabeça, ocupando ela toda e me fazendo suar, mais e mais, a cada minuto. Porque falar isso não teria nenhum sentido. E não tem até hoje.

Bubby se mantém imóvel na poltrona de seu quarto de hotel por mais muito tempo, até eu conseguir recuperar um dos meus fios. Na hora, pensava na bunda de Dô, e, ao olhar a cara dele, vejo que ela se transforma, ela também, num bolo, daqueles de duas cores que se vendem em padarias. Uma das cores, o branco, faz volutas por dentro da outra, mais escura. Aqui, a parte branca do bolo vem da fumaça do charuto.

A coisa começa com ele na poltrona e eu na cama. Ficamos um tempo assim. Depois, giro um pé para ver se estala. Estala. Ele só olha. Meu repertório acabou. Então invento outro. Vou tirando devagar meu dinheiro do sutiã. Tiro as notas amassadas, suadas, e jogo em cima da cama.

"É dinheiro que você quer? Aqui, ó."

Olha as notas em cima da colcha. Pega na mão, olha com atenção umas e outras. Depois larga, não fala nada. Sua atenção em mim redobra. Pego um fósforo. Ele arregala o olho, acha que posso queimar dinheiro. Posso. Mas acendo um incenso contra mosquitos, fornecido pelo hotel junto com sabonetinhos e xampuzinhos. Faço isso porque vejo um ponto preto que passa na frente dos meus olhos. Pode ser que não seja mosquito. Às vezes não é. Não era. Estou com a pressão baixa nessa hora. Iria cair ainda mais dali a alguns minutos, mas eu ainda não sabia disso. Bubu me olha através das duas fumaças, a do charuto e a do incenso. Pergunta:

"O que você quer?"

Essas perguntas.

Mas facilito.

"No momento? Sair daqui."

"Engraçadinha."

Depois pego o canivete do chaveiro dele, jogado por ali. Mais tensão. Os pulsos? Mas corto a superfície da mesa. As coisas são sempre vermelhas por dentro. Todas. Qualquer filme B consegue isso. A parede que é vermelha por dentro, você bate um prego, ela sangra. A televisão, quando você empurra o botão para dentro, começa a escorrer um riozinho vermelho que desce pelo fio sem ninguém ver e pinga no tapete. Escarafuncho a mesa. Dentro, num primeiro nível, o compensado é cor de compensado. Escarafuncho mais. A camada interna começa a se tingir de rosa. Acho.

Da poltrona ele diz:

"O que você está fazendo?"

"Um coraçãozinho."

Ri. Já não parece preocupado. Só me olha. Facilito outra vez. Começo a tirar a roupa. Ele parece perplexo. Fecho cortinas, apago luzes. Aumento o ar-condicionado. Sinto, depois de um tempo, que ele se deita a meu lado. Estende uma mão. Me surpreendo de descobrir que é mão grande, morna, firme, com vontade própria misturada a uma calma assustadora.

E, o que é pior, charuto e incenso distantes, Bubu cheira bem.

Paro de saber o pouco que sabia de mim.

Depois, quando tento me acalmar do susto de ter tido todo o tempo necessário para gozar e ainda mais um pouco, quando tento fazer com que meu corpo pare de me dar milhares de minúsculas vibraçõezinhas locais pela pele toda e quando, já na maior aflição, penso no que ia precisar dizer assim que recuperasse o fôlego (me ocorre um "foi bom para você também, benhê?" ou qualquer coisa do gênero que talvez, com sorte, não precise ser com palavras, bastando um sorriso imbecil), nesta hora sou salva (é o que pensei no momento, que estava sendo salva).

Batem na porta.

Bubi se levanta, nu, entreabre a porta, cochicha algo, fecha, me olha com mais atenção do que preciso e mereço. Penso que é porque estou de pé, me vestindo. Não gosto que me olhem. Vou ao banheiro, fecho a porta.

No espelho há uma cretina que tem de arranjar um rumo na vida.

Noto uma zona de pequenas rugas numa das olheiras mais do que na outra. Sei a razão. Uma queimadura de sol. É resultado de minha última andada (ontem?, anteontem?, ano passado?, vida pregressa?). Tinha um mormaço poente, mais de um lado que do outro. E me ocorre, então, mais uma vez, que preciso arranjar uma cara estável alguma hora dessas.

Quando ficar velha, com certeza consigo.

No espelho do banheiro penso em mim velha. E serenamente feliz ao lado de Bibu, também velhinho, os dois de braço dado nos arcos da Lapa, eu de sombrinha, ele de polainas. Passa uma carruagem.

Para treinar, quando saio do banheiro, saio serenamente feliz. Mas me surpreendo. Bibi não está no quarto. Em cima do frigobar, uma maçã, roubada do café-da-manhã. Hóspedes sempre roubam frutas do café-da-manhã. Deve ser para compensar a humilhação de ser hóspede. Dou uma mordida. E saio. Acho que posso não ter outra oportunidade. Fujo mesmo. Minha idéia é pegar correndo um táxi. Diria, pela segunda vez no dia: "Rodoviária, por favor".

Ou Honolulu. Ou K. "Me deixe em K., por favor. E fique com o troco, não vou precisar."

Na colcha, umas, outras pelo chão, as notas do meu dinheiro. Não sei se tenho o tempo de apanhá-las.

E, quem sabe com o dinheiro, Bubu termina o assunto Dô.

E também porque me parece um bom fecho: um dinheiro que fica para trás para que eu possa ir para a frente.

16

Pulo o murinho do corredor dos chalés, piso numa flor amarela, cantarolo alguma coisa que rima com os olhos dela, estou feliz, para não dizer exultante, chego no estacionamento. E dou de cara com o rabecão dos bombeiros.

Pergunto ao porteiro o que houve, só por perguntar, meu joelho já mole. Ele, que não me conhecia e passou a me conhecer, não me conhece outra vez. Mas uma voz cansada, nas minhas costas, responde por ele. Bibu.

"Tua amiga morreu."

E, como não falo nada, porque naquela hora simplesmente não lembro do nome Dô, nem do nome Meire, nem, aliás, de nome algum, ele então continua:

"O corpo foi encontrado perto das pedras, no mar."

Olho para ele envergonhadíssima. Um constrangimento. Eu não esperava compartilhar o quadro que fiz. Perto das pedras? De bruços? A calça de couro inchada pela água, e os cabelos louros se fingindo de algas, já com alguns peixinhos por perto? E as ondas balançam a bunda grande, que fica ainda maior dentro da calça inchada pela água?

Mas a pergunta que de fato faço tem poucas letras e voz.

"A Dô?"

"A Dô."

Me bate um cansaço tão grande que mal consigo segurar a mochila, quanto mais recolocá-la nos ombros. Mal consigo segurar os ombros, quanto mais o que está em cima dos ombros, meu pescoço verga. A cabeça vai junto. Passo a prestar atenção numa carreira de formigas que têm certeza, elas, para onde vão. Digo a meu pé para seguir tal exemplo e vou atrás, arrastando a mochila. Me ocorre nessa hora que as correias amarelas da mochila estarão traçando carreiras, pelo chão, iguais à das formigas. Não me viro para conferir, porque me virar significaria dar três dimensões ao mundo, estabelecer um perto e um longe, um eu e um resto, o que está, me parece, acima das minhas possibilidades. Apenas vou, o pé vai, e o outro, e em volta milhares de pontos pretos.

Não vai dar. Procuro onde me sentar. Vi uma árvore em algum lugar em algum momento não sei se foi naquele mesmo dia ou planeta. Tento chegar nela. O sol bate em mim, de modo que já não sei que frio é aquele. Não vejo mais nada. Os pontinhos vencem mais uma vez.

Alguém fala "cuidado". Sons são sempre os últimos a sumir. Depois que tudo acaba, permanecem, libertos de qualquer sentido, bailarinos sem balé, inúteis mas existindo mesmo assim. Ainda penso como é ridícula esta palavra, *cuidado*. Como alguém pode achar que dizer "cuidado" adianta alguma coisa. Riria, se soubesse onde está minha boca.

Acordo no quarto, as pernas tão relaxadas que a impressão é que elas nunca saíram de lá, só eu, abstrata, pulei murinho, pisei em flor, elas ficaram no quarto, me esperando. Em algum momento teria de avisá-las que são minhas e que há trabalho a fazer: me transmitir dados do tipo qual a temperatura do meu dedão do pé, o que é meu dedão do pé.

Em algum momento terei também de abrir os olhos e mantê-los assim, mesmo com o mundo a girar do modo como gira. Haveria também listas no papel de parede. E eu iria contá-las. É muito importante saber quantas listas há nos papéis de parede dos hotéis onde às vezes nós percebemos estar, sem ter idéia de como fomos parar lá.

E havia um molhado quente a esfriar aos poucos no meio das minhas pernas. Aos poucos percebo que é urina, uma reconfortante urina morna a me envolver num ainda-eu-não-de-todo-eu. E sons, um "ela está bem?", de pessoas que entram e saem por uma porta que, quando aberta, forma um retângulo muito claro num mundo bege. Já houve outro bege na minha vida, mas este desse momento é do tipo que gira.

E havia mais uma coisa que eu tinha de lembrar mas que eu fazia de tudo para não lembrar.

Bubby falava sem parar no celular. Recebia e fazia chamadas. Resolvia coisas. Escutei frases como "Então ficamos resolvidos", "Está tudo certo", "Isso já está decidido", "Fica melhor desse jeito".

Lembro de repente da torneira que pinga no meu ex-quarto e, antes de lembrar que o quarto não é mais meu, tenho o impulso de dizer: "E não esquece da torneira que pinga".

Meu retorno se dá pela boca. Tenho minúsculas pedras que se esfarelam na minha língua. Decido que o gosto é de maçã embora se pareça demais com o gosto de vômito. Fico mesmo na dúvida se as pedras estão no caminho de entrar ou de sair. Uma delas está estacionada na bochecha. Mordo. Dói. É a afta. Ah, sim, o vinho, eu.

E Dô.

Tento sentar. O mundo escapa. Me deito outra vez. Espero. Tento outra vez. Dessa vez dá. E dessa vez vejo Bibu, que me olha.

Digo:

"Preciso de um banho."

Segura meu braço, me leva ao banheiro, liga o chuveiro, me senta no vaso com a tampa abaixada para que eu não caia, volta ao quarto para pegar minha mochila, deixa-a em cima da pia, encosta a porta mas não fecha. Diz que, se eu não estiver bem, para chamar, e para não trancar a porta. Quero agradecer, mas o que sai é uma pergunta:

"Qual o seu nome?"

"Sebastião."

Fala como quem mente, e percebo que gosto dele.

No banheiro, tiro a roupa sem me olhar no espelho. Posso ficar tonta outra vez, ao me ver branca quase verde, ser improvável sem garantia de sobrevivência no ecossistema dos bons-dias, boas-tardes. Mas a água do chuveiro me lava de mim, e, quando saio, já não é em mim que penso.

No quarto, Bubi. Diz que precisamos esperar alguém com um boletim de ocorrência que assinaremos. Diz que ficou contente ao perceber que a morte de Dô foi dolorosa para mim. Minha reação afastou sua suspeita de eu ter tramado essa morte desde o início.

Não tem como saber que tramo mortes a três por dois e que são sempre a minha, mesmo quando não sei disso.

Está sentado na mesma poltrona de antes. E eu no mesmo ponto da cama. Meu dinheiro continua jogado. Não quero contar. Nem dinheiro nem histórias.

Pergunto, então, antes que ele possa abrir a boca:

"O que aconteceu?"

Quero algo que eu já conheça. Romances do século XIX

com começo, meio e fim claramente apresentados. Preferiria em lugar distante. Inglaterra. Quero o que eu não conseguiria dar. Eu a contar, e seria história cortada, com pedaços espalhados em grande planície. Ou praia. E o esforço de ir de pedaço a pedaço. Não dá para fazer esforço. Às vezes não dá, é preciso saber disso.

Peço:

"Vai. Desde a hora em que saí da piscina."

E que inclua, na sua voz baixa e por muito tempo, todas as outras histórias, mesmo as de depois de eu ter saído dali, desse mundo, momento e quarto. O que, aliás, planejo fazer assim que der. Tem uma coisa que eu sei, preciso fugir.

Mas ele tira minha roupa, e tem menos pressa ainda que da primeira vez. E, como antes, não faz micagens ou expressões significativas. Só desabotoa botões, desce zíperes, puxa panos para baixo ou para cima. Depois tira sua própria roupa. Depois, fecha as cortinas antes que eu me sinta em algum palco iluminado por estreito foco de luz.

Deita-se a meu lado. Sua chegada é lenta e sem estardalhaços. Ele só vem. Como vêm os tratores. Gozo uma vez, mas isso não parece alterar em nada aquilo a que se propõe. E, depois de tudo acabado, ainda, louca e, agora sim, em praça pública, gozo outra vez.

Ele ri.

E eu fico com a sensação de perigo que sempre me dá quando a segunda trepada com um homem é melhor que a primeira.

17

Ele conta.

No final da manhã ainda não há cadáver, mas ninguém tem dúvidas de que a morta é isso, morta.

Bibbi, ele, não tem dúvidas de que não é mais o principal suspeito, sou eu.

Já eu tenho dúvidas. Montanhas delas.

Mas, diz ele, há mais um suspeito. Um boné xadrez, desses de gringo, inexplicável, foi encontrado perto das sandálias.

Conta mais coisas e chega num "pelo seguinte".

Sempre gostei de um "pelo seguinte". Acalma. Seja lá o motivo de zumbidos na cabeça, batimentos irregulares no coração, frases desconexas ou aftas na boca, um "pelo seguinte" acompanhado, como sempre o é, de dois pontos (estes grampeados na testa, poing, poing), e tudo o que vem antes se ajeita. Chama-se encadeamento lógico, grande redutor, acho que químico, de vôos. Tanto os vôos pela janela como os sem janela. Eu, por exemplo, estou muito bem nesse momento. Mas pode ser também por causa do comprimido. Peguei o último, um dos cor de laranja. É tudo um problema de comprimido, o suor frio da noite, o suor gorduroso do dia, ou é o contrário. O mundo ou Dô flutuando na água.

Bubu diz que quem diz o "pelo seguinte" é o chefe dos seguranças ao chegar no hotel no fim da manhã. Me ensina o que já sei, o chefe dos seguranças é coronel reformado da PM. Não tem ordem de fiscalizar a faixa de areia. A faixa de areia não se inclui no perímetro do empreendimento privado, o hotel. Faixas litorâneas são competência e responsabilidade da Marinha, ou seja, poder público. Um pequeno aumento na taxa do serviço, e esse problema se resolve. Qualquer coisa se resolve. Mas não é o momento de se resolver nada. Oportunamente, um adendo ao contrato será negociado.

O coronel é a única pessoa de fora que a gerência permite chamar. Depois, quando o cadáver aparecer, isso iria mudar.

Segundo Bibu, o coronel diz o seu "pelo seguinte" apoiando, quase posso vê-lo, um dedo de cada vez da mão direita na palma da esquerda.

Um, já é quase meio-dia e a convidada do doutor Bibul ainda não reapareceu. Tivesse dado uma volta para espairecer e, digamos, pegado no sono em algum canto de areia ainda não palmilhado por hóspedes, curiosos, seguranças, funcionários e os diretamente interessados (o grupo do doutor Bubul), já teria despertado, o sol está forte. E reaparecido.

Dois, as sandálias. Uma mulher não joga fora suas sandálias se não tiver par sobressalente com o qual possa ir para casa e, principalmente, se as sandálias em questão ostentarem, como ostentam, finas pedras coloridas no lugar do fecho.

Três, o porteiro, funcionário do hotel há mais de vinte e cinco anos, não a viu passar. Ele não costuma dormir no seu posto, como atestam colegas e revistinhas e mais revistinhas de palavras cruzadas preenchidas, ambos, colegas e revistinhas, à disposição para averiguações.

Quarto, a desaparecida levou um montante não especificado de dinheiro que encontrou entre os pertences do doutor Bibil. Dinheiro tem muita serventia, e ela quereria usá-lo antes de dar cabo da vida.

Quinto.

Bubi não enumera o quinto item do coronel. O quinto item, quem fornece sou eu. Quando chegar no quinto dedo de sua mão, o coronel dará um suspiro. Sentirá voltar à sua cabeça o pensamento surgido assim que chega ao hotel, chamado por seu funcionário. Seu principal suspeito, senhor Bubul, usa camisa fina com cavalinho bordado no peito, ambos, suspeito e cavalinho, cheirando a dinheiro. E a geléia, mas isso o coronel não notará. O coronel acha que precisa dar um jeito de ficar a sós com o doutor Bibul, para negociar.

Quanto valerá a dispensa de uma ida à delegacia.

Bibi não enumera o quinto item nem eu tenho o tempo de fornecê-lo porque nessa hora nos chega, pela porta fechada do quarto onde estamos, o discurso monocórdio do menino-guia:

"... a subida do Vidigal já existe nos tempos dos tamoios e tupis, na época da fundação da cidade em 1565, por causa do corte da madeira necessária para construção e combustível. Em 1763 chegam mudas de café. Nessa época, só grotões inacessíveis mantêm ainda partes originais da floresta. Em 1658 documentos oficiais falam de intrusos e moradores que loteiam as terras e tornam impuras as águas. Em 1818, tomam as primeiras medidas de proteção a mananciais. Em 1844, após uma grande seca, o ministro Almeida Torres propõe desapropriações e replantio de mudas. Em 1861, d. Pedro II inicia o replantio da floresta. No primeiro ano foram treze mil e quinhentas mudas, treze anos depois, noventa mil, das quais só quarenta e oito mil vingam."

Um passado que eu achava terminado, esse onde eu me apoiava em números, passava por mim e seguia. O menino devia acompanhar um novo hóspede. Ajudava decerto com alguma bagagem leve e falava sem parar sua fala decorada, sempre igual, numa repetição cujo maior erro é ser repetida sem erros. Só o erro, a falha, faz com que escutem — e eis mais um ensinamento.

Passo a mão pelo meu corpo nu.

Estamos deitados lado a lado, eu e Bibi. Quantas vezes já pensei ou senti em relação a algum homem o que pensava e sentia naquele momento em relação a ele.

E calculo outro número. O de segundos que levaria para chegar até a porta.

18

Bubby levanta os braços e põe as mãos por baixo da cabeça, formando assim um travesseiro improvisado, que substitui o verdadeiro, caído perto da cama. Sinto o cheiro de suas axilas. É melhor que o som de suas palavras:

"Ninguém saiu do hotel. Minha equipe da produção, os outros poucos hóspedes, os funcionários."

E também nossos fantasmas, tudo o que fomos e somos, garrafas, sargaços e espumas que o mar (negro, azul ou bege) nos traz todo dia pela manhã, o suor que nos empapa por nervoso a qualquer momento ou por cansaço após o sexo, e mais coisas que nem sabemos que estão lá — tudo e todos num tempo presente eterno e raso, transformados, tudo e todos, em imagens que se sobrepõem umas às outras, sem parar, painéis publicitários a nos vender a nós mesmos. Nada disso saiu, Bibico querido.

"Lembro de ter notado, ainda no jantar de ontem, que você e a garçonete têm algo em comum. Pensei em sexo, mas depois vi que não. Ou pelo menos não só sexo. Dividem uma mesma dureza."

Espera por confirmação entusiástica. Espero para dizer adeus.

"Dureza esta que esconde uma fragilidade..."

Não é para agüentar imbecilidades que cheguei até aqui. Digo:

"Vou ter de ir..."

"Tem o BO. Vamos ter de esperar. Mas, sim, aperto a moça. Diz ter ouvido você comentar que estava de partida para São Paulo, onde tem família."

Meire também diz a Bubby estar muito surpresa em saber que passei a noite na praia do hotel, fazendo o quê, ela nem desconfia.

Porque não há nada para fazer a não ser olhar o breu negro que envolve as pessoas e escutar o nada que esse breu traz, em intervalos regulares, e que nem mais se escuta. E o nada que nem mais se escuta é o barulho das ondas, que estão lá há muito mais tempo do que todos nós e pouco se importam, elas, as ondas, se fulaninho ou beltraninho tem emprego ou não tem e qual praia ou pedra é esta, afinal, onde as pessoas se arrebentam em espuminhas, com seus detalhezinhos inúteis.

E Meire diz a Bubu que, pelo pouco que sabe de mim, freguesa regular, sou pessoa que costuma dormir cedo, tenho hábitos pacatos, me visto com roupas comuns e não possuo característica que me diferencie das outras pessoas. Isso quando sou vista de muito longe, como ele me vê, ou de muito perto, como ela me vê. De fato.

Meire não sabe dizer a Bibu se eu já conhecia a morta, a quem ela nunca viu no hotel.

E o que mais diz Meire?

Quando o cadáver de Dorothy é achado, ela diz que sente muito. Diz isso e chora um choro mudo e sem lágrimas que lhe fecha a garganta e as palavras. Diz isso quando consegue dizer alguma coisa.

E Meire terá dito como as coisas são tristes e pesadas e a pena que dá, a vida, e como ela nunca mais vai poder sentir cheiro de maresia. Pois, se maresia antes lhe dava vontade de vomitar, de se virar pelo avesso, de estrebuchar como as algas que rolam na areia, junto com as garrafas antigas e as novas, e mais as camisinhas usadas e os peixes que amanhecem imóveis na areia dessa praia onde nunca mais vai conseguir pisar, depois da morte de Dô o cheiro de maresia lhe dará vontade apenas de morrer.

Estou claustrofóbica no quarto com Bibi. Não sei direito quem é ele, o que quer. Preciso sair, falar com alguém de carne e osso.

"Quero falar com Meire."

Começa a se vestir. Abre um pouco a cortina da janela. Senta na poltrona em frente à cama.

Diz:

"A bolsa de Dorothy não foi encontrada. Me volta a idéia de que você a roubou. De onde vem este dinheiro espalhado na cama?"

Olho para duas das notas que continuam em cima da cama. Chuto-as para o chão.

Bubu não fala nada sobre como estava Dô. Sua posição, de bruços no mar, o movimento alegreto das ondas. Uma alegria ágil da qual ela teria gostado, em vida. Ou fala e não escuto. Já tenho uma imagem, eu, de Dô, de bruços no mar, e é uma boa imagem. Contabilizo os movimentos repetitivos, leves é verdade, mas repetitivos ainda assim, da massa marrom a bater, sempre, sem parar, nas pedras. Me incomoda. Quero perguntar a Bubi uma pergunta que não sei formular: se passou muito tempo entre Dô iniciar essa repetição de movimentos que a machucam e alguém ir lá para pará-la. E essa minha aflição aumenta porque Bubu recolhe o dinheiro espalhado pelo quarto e o empilha, alisando os amassados com uma quase-ternura. Acho que ele pode ter olhado para Dô — que teima dentro dos meus olhos em bater e bater outra vez nas pedras — com igual incompreensão. E ternura.

Dormi sem sentir, e, ao acordar, uma baba escorre da minha boca, dormi com ela aberta. Me mexo, ele também se mexe na penumbra perto de mim. Estou nua, ele vestido, pôs até cinto.

"Que horas são?"

Não responde.

"Não devia vir alguém com um BO para a gente preencher e assinar?"

Não responde. Depois diz:

"O que você queria quando me acusou pelo desaparecimento de Dorothy?"

Fala "Dorothy" com cerimônia. Me sinto de repente dentro do romance estrangeiro que se passa na Inglaterra e me cubro mais com o lençol, desconfiada de que não estou à altura.

Não conseguiria mais lembrar o que pretendia ao acusar Bubu em manhã de sol de algum milênio em algum universo que não importa mais qual era ou tinha sido.

Não sabia o que queria nesse momento, quanto mais antes.

(Só preciso mesmo saber o que quero agora, sentada no computador. Desconfio que é o mesmo que quero sempre: ir embora.)

Pisco para o cinto de Bibi, e, por uns minutos, a única coisa que consigo saber sobre o mundo e todos os tempos é que dormi e que talvez tenha dormido pouco. Merecia muito mais. Merecia a eternidade. Fixo os olhos em Bibu. Descubro que só eu dormi. Ele pensou. Ficou velho de tanto pensar, sentado ali na minha frente, aqui na minha frente.

Na poltrona estofada do hotel, ele fala:

"Você não ficou para o teste."

Dizem que baldes de água fria acordam as pessoas. Palavras quentes também. Nessa hora, acordo de vez. Me apóio num cotovelo. Ainda estou nua. Olho para ele, ele me olha de volta, sereno. Dois olhos. Nariz. Mantém um dos braços atrás da cabeça, é uma posição habitual, sua. Não tenho a menor idéia de quem é esse cara e por que me olha dessa maneira, sem máscaras. O que me impede de usar as minhas.

É um dos nossos problemas.

Eu digo:

"Você me reconheceu?!"

Pronto, definitivamente entro neste momento numa cena que não é minha. Eu não sou eu. Eu, se fosse eu, já estaria muito longe. Desabo na cama do quarto outra vez. A pergunta se inverte, o que quer de mim este cara que inventei para minha vida.

Ele diz:

"Você é uma pessoa esquisita."

Oh yah.

Analisemos. Duas pessoas num quarto de hotel, uma vestida, a outra nua. Conversam amigavelmente depois de trepar como dois malucos, embora tenham motivos para se detestarem, ou pelo menos para se temerem, já que podem ser acusadas, essas duas pessoas, uma ou outra ou mutuamente, de provocar uma morte. Aguardam um policial com um boletim de ocorrência ou voz de prisão. O quarto tem enfeites de palha que são na verdade de plástico imitando palha, e todo o quarto imita algo que não é, chalé rústico de praia paradisíaca. Há uma pilha de dinheiro amassado em algum lugar. E Bubu conheceu a morta, a quem chama de Dorothy mas que na verdade é Maria das Dores, o apelido (para ambos os casos) sendo Dô, através de outra mulher, com quem ocasionalmente seu amigo e sócio

Caíque trepa e que se chama supostamente Agrid, embora tenha nascido em Patos de Minas, e que faz parte, assim como Dô, de uma agência de modelos que fornece garotas de programa e de figuração de baixo preço para filmagens de baixo orçamento chamada Mamãeoutrinha. Nome este que é, sou a primeira a dizer, realmente um achado.

E essa mulher, Dô, tem um dia comportamento em público que Bibi considera inadequado, a saber, pega no braço dele durante reunião de trabalho com produtores e patrocinadores e diz, textualmente, enquanto puxa os pelinhos do braço dele e pendura seus peitos no relógio de pulso também dele: "Tenho grandes planos para nós, chuchu."

O que faz com que ele corte o nome dela das filmagens até esse jantar (um jantar) com todos juntos, em que Dô, trazida de surpresa por Agrid, torna a aparecer na frente dele e ele, mais para não ter de pensar no assunto, finge então que não há assunto para pensar.

E também esquisita é uma mochila, amarela, agora quase vazia, porque um jeans que estava sujo de urina e foi lavado na pia está num canto do banheiro. E sendo essa toda a bagagem, tirando o que a assim chamada mulher esquisita deixa na casa da garçonete Meire, sobrenome Nobre, dizendo que é para apanhar depois, quando voltar, se é que volta a tudo isso algum dia. Ou para que ela, Meire, envie para onde ela, Shirley Marlone (sendo que Shirley Marlone não é seu nome verdadeiro), estiver, se é que vai estar em algum lugar algum dia. E a mulher, a nua (a esquisita), combina o que combina, a respeito dos objetos abandonados, com Meire Nobre não porque faça questão da posse, mas para que não fique o mundo ainda mais esquisito com uma viagem para lugar nenhum que acontece sem quase nenhuma bagagem. E essa mulher (a nua, a esquisita, a que goza duas vezes), que viaja apenas com uma mochila amarela, de lona, com as tiras de couro cru, sabe que a dita mochila foi ganha usada de um gringo que vem de um périplo pelo Nordeste e que se encanta com as coisas deste país mas que precisa embarcar de volta para a Alemanha e para a alemã, a dele. Quando então descobre (o dito gringo) que berimbau, chinelas de pneu, camarão seco embalado para viagem e mochila de lona não caberiam em cota de vinte quilos de bagagem permitida a trechos internacionais.

O berimbau ela joga no lixo, que ninguém tem saco, o camarão é comido com cerveja, a mochila é a que nunca some. As chinelas, Meire usa quando sai nos dias de folga para alguma compra, para ir ao Santinho saber se tem algum som logo mais à noite. Fica bem nela, que é um antônimo do alemão e que, no entanto, se parece com ele.

"Não sou eu a esquisita. É o mundo."

O dinheiro que Dorothy roubou é dinheiro que Bibi recebe de comissão. Ao filmar as cenas de piscina no hotel, deve arranjar um jeito de pôr no campo visual a marca das cadeiras e espreguiçadeiras, cujo fabricante vem a ser conhecido de um conhecido. Aceita isso não sabe por quê, não tem o que fazer com esse dinheiro fora do controle da produção e que, em termos de cinema, nem é tanto assim.

Aliás, não tem vontade de fazer o filme.

Lutou muitos anos por outro projeto, que considera melhor. Não consegue financiamento. Inscreve o projeto do qual não gosta, o do hotel, para um patrocínio público porque o roteiro se adapta bem às exigências do edital.

Não espera ganhar, nem mesmo quer.

Quer o outro.

Mas é esse que ganha. Então vai fazer. Precisa fazer, ou será processado por não fazer.

Começa no dia seguinte, está tudo pronto. Estava. Haverá pequenas mudanças por causa do acontecido.

O roteiro será modificado. Diz que não é um problema, que o roteiro é sempre modificado, sempre. Pode até ser que ponha a morte no roteiro. Ainda não sabe.

Mas o cenário ele sabe. Tábuas, já alugadas, serão armadas em platô sobre a areia, um deck onde ancorará o iate de luxo do cara que vai trepar com a atriz principal no caramanchão, transformado em falsa cabana de praia com espaço para cama de casal king size e área de movimentação de equipamentos. Climatizado. Enquanto trepam, ensaio de Carnaval acontecerá no deck, visível por ampla janela. É a parte do samba no pé. Ao fundo, jangadas, ilhas com coqueiros. Sobreposição digital. É a única parte que Bubu acha que vai ficar lindo. Depois há tiros. Denúncia social. É onde pode entrar a morte de Dô.

Embora ele tenha negociado com o fabricante das cadeiras sem que os outros saibam, vai falar com eles e dividir o dinheiro. A dificuldade não é essa, é que ele acha o filme uma bosta. Portanto, tanto faz cadeiras viradas para lá ou para cá. Mas os outros estão entusiasmados e podem não gostar de um merchandising baratinho e desnecessário a atrapalhar as filmagens.

Quero sair.

"Vamos sair."

E quero principalmente falar com Meire. Não a vi depois que o cadáver foi descoberto.

Acho que ela não está bem. O que quer dizer "estou bem", ou quase, o não-estar-bem momentaneamente ao encargo de outrem.

19

Vamos ao restaurante, mas lá há um menu indigesto.

Várias pessoas na mesa grande, Antônio ao centro.

Responde ao que lhe perguntam, e às vezes ao que não lhe perguntam, sem abrir os olhos, como se abri-los fosse o mais custoso de tudo. Sua mulher está ao lado e precisa ser contida pelo cara que faz as perguntas. Volta e meia responde no lugar de Antônio. Interrompe. Diz "que absurdo" de minuto em minuto.

Chegamos na hora em que Antônio dizia que foi ele.

"Fui eu."

"Que absurdo."

Diz que passou a noite a olhar a escuridão (esporte cada vez mais popular).

E que as coisas não se passaram como foram contadas.

"Ele..."

Abre um olho mais do que outro, o suficiente para focalizar Bibi.

"Ele..."

Aponta um dedo.

"Desceu até a areia, foi na outra direção, na outra, para lá, e depois voltou. Eu estava sentado no monte de areia, ali, onde tem a vegetação, e vi."

"Você tem certeza de que ele foi para o outro lado?"

"Absoluta."

"Que absurdo."

"Depois, já clareando, levantei para ir embora. E foi só aí que vi a..."

A mulher dele completa:

"A moça."

Antônio continua:

"A que estava com a..."

"A moça."

Mas Antônio olha para mim.

"Elas se despediam."

As pessoas, que olharam Bubu, me olham, sempre um desconforto, nem precisava ser nessas circunstâncias.

Mas Antônio e eu temos uma relação, estabelecida com nossos olhares entre vômitos e os copos vazios e os esvaziados na cara dele. Não é coisa que se esqueça.

Ele acrescenta, conciliador:

"Só se despediram, acho. Depois tornei a me deitar na areia, não vi mais."

Não adianta. Eu e Bubi não estamos mais juntos. Um enorme mar preto cresce entre mim e ele. E também entre a descrição detalhada que ouço e a reconstrução, já iniciada naquele momento e mesmo antes, do que lembro e do que não lembro.

"A... a... que morreu. Ela me faz lembrar outra pessoa. Mas não é por isso que a observo. Sei que ela não é a... essa outra pessoa. Eu a observo, acho, porque fico curioso por saber para onde vai. Até onde sei, não há saída para aquele lado da praia.

Ela estava descalça, andava pela beira da água, pulando as ondinhas, alegre, desajeitada. Não tenta subir na pedra grande da encosta, anda por dentro da água, percebo que sabe onde pisar, onde haveria, acho, talvez, pedras submersas, porque ela entra no mar mas não afunda, mantém a água no tornozelo. Está indo embora... estou sozinho, entende."

Antônio faz uma pausa. Há silêncio na mesa. Continua:

"Bem. Eu chamo: Estela!"

A mulher dele arregala os olhos.

Ele repete baixinho:

"Chamo Estela..."

Faz um movimento de desalento com os ombros. Continua:

"Ela se vira, abrupta. Acho que se assusta com meu grito, não sei. Nem foi tão alto. Mas nessa hora, em que se vira, faz um movimento com os braços, um balé, dançarina. A outra... ela... ainda está por perto."

Outra pausa.

"E depois não a vejo mais. Some. Achei, sim, que podia ter caído. Mas preferi achar que podia ter simplesmente fugido, com medo de mim. Estava escuro ainda. Sumiu simplesmente. Por que a pessoa não pode simplesmente sumir?"

Ninguém responde. Acho que todos nessa hora, e não só eu, devem ter ficado pensando como seria bom, isso de simplesmente sumir.

"Bem, fiquei lá sozinho, de pé na areia, e ainda pensei em chamar o nome de Estela mais uma vez, só assim, por nada, para ouvir minha voz me fazer companhia, mas não chamo. Vou até a beira da água, tento ver alguma coisa. Não tenho vontade de me molhar. Volto para meu monte de areia e espero o dia clarear, quem sabe ela reaparecia. Nem tinha certeza se queria que reaparecesse."

Há um silêncio. A mulher dele dá uma risada aguda.

"A Estela?! Não acredito!"

O cara que faz as perguntas diz:

"Quão perto você chega realmente dela, hein?"

"Era com a Estela, o encontro?!"

"Você tem certeza de que não chegou mais perto dela do que está dizendo, hein? A ponto de empurrar, hein?"

Pergunto, idiota, sem dirigir minha pergunta a alguém específico:

"Quem é Estela?"

A mulher dos pezinhos está cada vez mais histérica.

"É a Estela, seu cachorro?"

Antônio, olhos baixos, faz que não com a cabeça. Não é um não para a pergunta feita. É um não genérico, desses que fazemos para nós mesmos e que abrangem todas as escolhas já feitas anteriormente na vida.

Nessa hora, meu olho bate nos pés da mulher dos pezinhos. Estão inchados. Conheço esse tipo de pezinhos, incham à noite, a menos que fiquem para cima por alguns minutos durante o dia. E ela não teve oportunidade de ficar com os pés para cima durante aquele dia. O inchaço desse tipo de pezinhos é inexistente pela manhã. E agora, vejo bem, o inchaço noturno deles faz com que fiquem aparentes uns leves arranhões avermelhados. Tento lembrar da minha estada no chão do banheiro. As coisas que tomei para esquecer de outras coisas também aguçavam meus sentidos para algumas coisas que em geral não tinham relevância prática alguma. Bem, eu me lembrava dos pezinhos. Me lembrava espantosamente bem dos pezinhos. Lembro. E poderia jurar (posso) que na noite anterior, acomodadinhos no banheiro, eles não tinham arranhão algum. E, no entanto, estavam tão inchados como nesse momento. Quer dizer, os arranhões estariam visíveis.

O cara que fazia as perguntas perguntava:

"Você conhece a morta pelo nome de Estela?"

Antônio falava. E falava mais, com dificuldade, fazendo um esforço. Subitamente sinto grande pena dele. Ele dizia que não. Dessa vez era um não específico. "Não, não. Não a conheci de todo, nem como Estela nem por outro nome. Naquela hora, só eu e aquela moça no meio do nada, fiquei com vontade de que fosse Estela. Pensei um pensamento louco, se a chamasse de Estela, de repente ela podia se tornar a Estela."

Faz uma pausa. Continua:

"Foi vontade de dizer Estela. Só isso. Tive vontade."

Faz outra pausa e continua, voz baixa:

"Tenho."

A mulher dele ri às gargalhadas. Dirige-se a todos em volta.

"Mas isso não faz o menor sentido. Ele está completamente louco."

Ri mais. Para mostrar como o marido está louco, diz que ele se registra no hotel sozinho, embora morem a poucas quadras dali. E que ela o descobre graças à solicitude de um vizinho que vê, por acaso, quando passa na avenida, o carro deles entrando no estacionamento. E que ele está completamente fora de si e que não é de hoje. Ri mais para provar isso.

Antônio, durante esse tempo, murmura algo sem parar. Me inclino para ouvir, achando que era Estela, Estela, Estela mais uma vez, mas não era, era "vaca, vaca, vaca".

O cara das perguntas diz que Antônio precisa acompanhá-lo à delegacia. A mulher dos pezinhos arranhados pára de rir, parece ter medo.

"Não."

"Como não?"

Ela segura o braço de Antônio.

"Ele vai à delegacia, senhora."

O cara das perguntas também segura Antônio. Pelo outro braço.

A mulher agora parece estar com muito medo. O cara das perguntas consegue arrancar Antônio dela e já sai com ele em direção à porta.

A mulher fala, a voz entrecortada.

"Mas nada disso que ele diz é verdade, ele está maluco, o senhor não vê? Ele precisa ir para casa, conversar comigo com calma..."

O cara das perguntas continua a andar com Antônio. A mulher dá uma corridinha, chega até eles, tenta puxar Antônio de volta.

E aí fala, queria falar baixo, mas não consegue, todo mundo escuta.

"Inclusive é tudo mentira. Ele estava comigo no chalé. Passou a noite comigo. Posso provar. Tivemos relações. Se ninguém ainda limpou o quarto, a camisinha vai estar na cesta do lixo do banheiro. Pode ir lá ver."

Antônio a olha, perplexo. Ela dá um sorriso para ele.

Nunca mais vou esquecer desse sorriso. Era triunfante. Queria dizer: pode deixar, tudo arranjado. Não era um sorriso de apoio, que se tenta dar a quem precisa. Pelo contrário, era um sorriso de eu venci, fodam-se os vencidos. Se esforço havia, era o de se restringir a apenas um sorriso, porque na verdade ela parecia estar à beira de explodir em gargalhadas absolutas, contagiantes. Ela riria em gargalhadas contagiantes, e todos nós, contagiados, também riríamos, nos segurando em beiras de mesa, nos dobrando de rir, pedindo "pára, pára", porque não agüentamos mais.

O cara das perguntas faz um sinal para outro, que se retira, e nós, ainda frágeis pela proximidade da risada sem fim que quase nos pega a todos, sentamos outra vez, olhamos o ar, coçamos a cabeça, pegamos um pouco da água sem gelo que continua esquecida numa mesa desde o café-da-manhã, neste hotel que saiu dos trilhos.

O cara que foi volta e faz que sim com a cabeça.

Expelimos o ar que um pouco, por pouco que fosse, tínhamos suspenso. Frustrados, olhamos em torno: uma varanda suja, com restos de comida, umas poucas pessoas comuns, nenhum assassino, nenhuma história, e mesmo a lâmpada, agora acesa, é de baixa voltagem. Duvidamos, agora, que sequer tenha havido um cadáver. Poucos o viram, talvez não o fosse.

Nada de muito extraordinário pode acontecer num local onde o barulho de alguém molhando um pano de chão dentro de um balde começa a se fazer ouvir.

Depois de tudo o que aconteceu, ou não aconteceu, alguém começa a limpar um chão porque chãos precisam ser limpos. E o resto pára de ser importante.

O cara das perguntas faz uma última averiguação. Antônio, a seu pedido, levanta os pés. Não tem as barras da calça úmidas, e a areia de seu sapato está toda do lado de fora, não há areia dentro, na meia ou no pé dentro da meia. Com relutância, o cara das perguntas admite que Antônio de fato não poderia ter chegado suficientemente perto de Dô para empurrá-la, já que não molhou a barra da calça nem há areia molhada dentro do seu sapato. Antônio diz para ele que pode ter ouvido um tiro na hora. Não tem certeza, poderia ser barulho de escapamento de carro na avenida logo acima.

O cara não dá importância, e isso faz com que eu também não.

O programa tinha acabado. O cara das perguntas ainda diz para ninguém sair do hotel, precisa pegar dados, nomes, endereços. Finge que haverá continuação, um próximo capítulo.

134

Mas sabemos que é o fim da história. Um casinho no meio de outros casinhos, centenas, iguais todas as noites nas noites das cidades.

Não é de agora.

É desde o primeiro momento, ainda no restaurante a cada minuto mais vazio e mais molhado de água com sabão, que não consigo definir o que aconteceu de fato nessa noite. Aliás, escrevo isto para ver se paro de pensar no assunto. Acho que a mulher dos pezinhos pode ter tido tempo de catar o marido na praia, ver Dô e matá-la — talvez jogando de longe uma pedra que a derrubasse. Depois voltaria tranqüilamente para trepar com o avaliador de hotéis, um arremate de sua vingança. Nós no caramanchão tínhamos bebido, fumado, nos drogado. Ela poderia, se quisesse, aproveitar as brechas da nossa atenção, já escassa, para passar por nós despercebida. Ou então estava na praia desde sempre, a primeira a chegar, antes que qualquer um de nós saísse do restaurante. Ou ponho a culpa em Antônio mesmo. Louco por Dô não ser Estela, ele a empurrou. Barras de calça secam, e ele estava com uma cara bem ruim, de manhã na piscina. Também sabia, e sei, que suicídio é coisa que se decide num átimo. E sabia também que Dô era do tipo que decide as coisas dessa maneira, seja pintar o cabelo, seja mergulhar no mar. Éramos todos desse tipo, somos. Acidente, Meire descartou de cara, na época. Foi categórica. Eu não sabia a razão de tanta ênfase. Agora sei. Na época ela disse que conhecia o caminho das pedras melhor que eu e que Dô conhecia o caminho das pedras melhor que ela. Repetiu isso várias vezes.

Mas Dô tinha fumado e bebido tanto quanto nós. Poderia, sim, ter simplesmente caído.

É o que gosto de pensar, hoje.

20

Quando tudo acabou, nesse dia, passo perto de Meire. Está afastada dos outros, ao lado de Teresa, que mantém um braço nas suas costas, discreta mas atuante: a mão balança em carinho protetor. Ao saber do ocorrido, Teresa foi ao hotel se encontrar com Meire, dar apoio. Mal nos falamos, eu e Meire. Não me dava com Teresa, e nós três sabíamos disso. Um alarido que vinha da praia também me estimulava a encurtar o encontro.

Mas Teresa me chama:

"Dá para você chegar aqui um instante?"

Ela se afasta de Meire e me puxa para um canto.

"Essa moça, essa Dô..."

"Assim, ó, com a Meire. Unha e carne. Amigonas mesmo. Ficaram abraçadas o tempo todo. Deve ter rolado coisa paca aí, entre as duas..."

E fico olhando a cara dela se retorcer. Ela se vira de costas, sem conseguir dizer nada. Depois volta. O rosto mudou, sorri, tem uma expressão de quem fala com criança travessa.

"Ah... você..."

Ri mais. Aponta um dedo para mim e ri mais um pouco. Parece muito aliviada. Faço cara de culpa, de que, é, sou assim mesmo e fui pega no ato. Não tenho dificuldade em fazer papéis, é coisa que aprendi em criança, chamo de sobrevivência. Teresa ri mais, está quase minha amiga. Depois vai para perto de Meire e aumenta o carinho nas costas.

Várias pessoas já se dirigem para a praia. Vou também. De pé na escadinha vejo, no reflexo das luzes que puseram por lá e que incluem, dessa vez, a de uma lua crescente, papeizinhos que as ondas trazem aqui e ali. São notas de dinheiro. Nessa hora Bubi surge a meu lado. Fica em silêncio. Digo:

"É o seu dinheiro."

"É."

O menino-guia, os funcionários do hotel, Tony, Agrid, Caíque, Quilde, todos gritam e correm atrás das notas. Riem de forma espalhafatosa, para mostrar como é divertido pegar notas de dinheiro dentro do mar. E que só porque é divertido as pegam. Alguns entram na água até a cintura. Mostram para os outros as notas amealhadas, em competição para ver quem consegue mais.

As notas começam a rarear. As pessoas agora se espalham para mais longe. Ninguém mais fala ou ri.

Por muito tempo ainda ficam de frente para o mar, os olhos fixos nas ondas, as roupas molhadas pingando, grudadas em bundas, costas e coxas.

Bubu continua de pé a meu lado. Pergunta se vou embora. A Grande Shirley Marlone entra num ônibus Greyhound disfarçada para que ninguém a reconheça. Roupas simples, óculos-gatinho. A Grande Shirley Marlone salta de um ônibus Greyhound, a reconhecem, se viram para admirá-la. Ela segue, o "tlec, tlec" de seus saltos no ladrilho do chão, vai, confiante, em direção à linha de edifícios que se delineia na bruma do horizonte.

Década de 70, calça vistosa, brilhante, de boca estreita, piteira, lenço colorido nos cabelos armados. Little Richard. "Vou."

Me viro para o hotel. Vou.

Ele me chama, me entrega um envelope.

"Teu dinheiro."

Na varanda, registram depoimentos. Perguntam meu nome, para onde vou, pedem o número de minha carteira de identidade. Minto desde menina, sou profissional em mentiras. Fiz como sempre faço. Informo tudo quase tudo certo, que é a melhor forma de mentir: mentir não mentindo, nem bem mentira, desvios, omissões, pequenas falhas, coisinhas, num todo qualquer que seja verdadeiro.

Isto aqui, por exemplo.

Lá, o hotel vazio, arrumado, todas as luzes acesas refletem seu brilho no chão vazio, nos objetos de vidro, nos sofás de couro com as mesinhas de revistas ao lado, nas cortinas e toalhas. Refletem, e os reflexos também se refletem num desdobrar de duplos feitos de nada. Há uma música orquestrada que toca alto e que não sei de onde vem. Atravesso o hotel. Não encontro ninguém. A música fica mais distante. Começo a escutar o barulho dos meus passos.

Saio. O vento está morno. O motorista de táxi pára de ler seu jornal e liga o carro com má vontade. Digo "rodoviária", e entramos no tráfego. Nas ruas estreitas e escuras do centro da cidade à noite há canos que descem dos tetos dos sobrados, para escoamento de água de chuva. Por eles saem ratazanas gordas e lentas, que atravessam as calçadas estreitas em direção a bueiros, buracos abertos em muros, vãos de portas fechadas. Correm corridas curtas, de mentira, umas para cá, outras para lá, se cruzam às vezes. Não têm pressa, nem medo. Apenas são atarefadas, têm o que fazer, elas. Em São Paulo também vou encontrá-las.

Vou comprar mais uma passagem no guichê, sentar na cadeira da sala de espera, olhar para as mesmas bandeirolas que lá continuam, levantar, tomar uma cerveja, outra, o ônibus estaciona. O motorista vai saltar, fechar a porta atrás de si e escrever com giz no vidro uns números. Serão os meus, afinal. Enfim, os meus números. É um horário da saída. O motorista escreve devagar, caprichando nas curvas de cada número. Irei para a catraca, mostro a passagem, o ônibus estará com a porta fechada, mas quero entrar mesmo assim.

O motorista dirá que vai demorar, que vou enjoar de ficar lá sentada. Responderei que não há a menor possibilidade de isso acontecer.

Terei pedido janela outra vez. Está quente lá dentro. Aos poucos, mais pessoas entram. Vejo alguém que corre do lado de fora e me volta uma taquicardia. Escolherei o comprimido rosinha desta vez. Olho para fora, preocupada. Pensarei que Bibu pode ter só fingido um fim ameno. Ele também mentindo, ele também armando uma cena, preparando alguma, esperando, ruim como um quiabo, eu sentar no ônibus para me apontar e dizer: aquela ali. Está com todo o meu dinheiro.

A Grande Shirley Marlone é rodeada por policiais, um tenta lhe colocar algemas, o chefe faz um gesto de negativa e tira o chapéu em sinal de respeito. Saem todos, ela no meio deles, o chefe com a mão em seu cotovelo, cavalheiro, a lhe indicar o caminho, por aqui, senhorita, como se faz com grandes damas. Vários carros pretos esperam do lado de fora na chuva fina, seus motoristas a postos. Entram nos carros. Arrancam em velocidade. O povo fica, na calçada molhada, observando os carros que somem na curva.

O táxi segue, está demorando para chegar na rodoviária.

Eu ainda não sabia. Mas nesse momento, o táxi no trânsito lento, eu estava para dar início a um período em que morei em vários lugares e que duraria alguns meses. Quase um ano.

Quando saí do hotel, quando o cara na varanda me perguntou qual meu endereço, dou o de Lili, quase certo (omito a informação de que é em São Paulo). Qual o telefone? O celular do carinha que não me ligou para dizer do teste e cujo número eu sabia de cor. E meu nome completo? Nesse item tenho um truque que uso quando preciso, e mesmo quando não preciso, e que me salva de ficar parada, congelada, pensando em cada um dos meus nomes e como esses nomes soariam se se referissem a outra pessoa que não eu. E como fico eu, quando definida por esses nomes nos ouvidos de quem pergunta. O truque é falar devagar, o olhar vago, alguns deles. Nunca todos de uma vez. Escolhi naquele dia o nome do meio. Omiti o de um pai de quem não lembro e o do cartão de visita que Meire mandou fazer e que ficava numa pilha, debaixo do balcão do bar. Foi, como sempre é, um nome quase certo. Como se houvesse um certo. Depois era a vez do número da carteira de identidade, gasta, quase ilegível. Para facilitar, costumo ditar números em voz alta e clara, qualquer número. É um jogo que pratico mesmo quando não tenho a menor necessidade. Ainda hoje o pratico, embora há tempos não surja oportunidade. Nunca deu em nada.

21

Naquele dia não fui. Fiquei.

Hoje estou morando na Glória, num prédio velho, sem elevador, embora muito simpático e de frente para uma pracinha. É num dos acessos laterais ao hotel Glória. Engraçado esse negócio de hotéis. Eles me acompanham. Vai ver eu gosto. Não conheço ainda as redondezas e acho que vou ficar sem conhecer. Saio pouco. Só às vezes, como fiz domingo, quando peguei um ônibus sem rumo, sem saber para onde ia. Às vezes ainda ando a pé, numa reminiscência das minhas épocas de andar a pé por cidades, mundos inteiros. O motivo mudou. Hoje faço porque preciso do exercício, o dia inteiro na frente do computador.

O táxi, o daquele dia, passou, na sua viagem para uma rodoviária que afinal nunca chegou, pelos armazéns do cais e pelo muro pintado de roxo onde um amigo tinha me levado, uma vez. Era a sede de uma ONG. Era para eu dar umas aulas de web design para jovens do Borel, mas não havia verba no momento. Dei mesmo assim.

Mas, enfim, estava dizendo. Reconheci o lugar quando o táxi passou em frente. Roxo, impossível não reconhecer. O trânsito estava lento. O motorista era mal-humorado ou achei que era. Só sei que disse para ele parar, que eu ia saltar. Não respondeu nada. Parou. E saltei. Em frente havia um desses hotéis com porta de vidro fumê fechada, perguntei quanto era, o cara quis saber se era a noite inteira ou por quatro horas. Fiquei lá. Depois arranjei outro lugar. E vários outros. Passei por um também de listas (cinqüenta e oito na parede atrás do frigobar, oitenta e sete na de trás da cama), outro com grades na portaria, era preciso pegar a chave, ou entregá-la, através das grades. Depois para um apartamento vago de um conhecido, e assim foi, eu andando durante os dias, de noite procurando mapas, mesmo se de cabeça para baixo e com os pontos cardeais invertidos, em programas de televisões sempre tremidas, em programas de rua onde também eu tremia. Até que cheguei. Três escadas, um prédio velho. E o Bubi, a quem passei a chamar, obediente (me pediu), de Tião. Parece que era o nome dele na sua infância. Balbuciou algo sobre um amigo, um garoto que tinha um trem elétrico que apitava.

Quando cheguei, fiz o que se faz quando se chega, toquei o interfone. Subi. Ele estava na porta. Eu disse "olá", ele sorriu. Digo:

"O envelope."

Ele faz que sim, com a cabeça. Me puxa para dentro. Fico sabendo, então, que não era uma distração, era de propósito.

No envelope em que me devolveu o dinheiro naquele dia na praia, estava impresso, embaixo, na margem, um logotipo com o nome de sua produtora. E um endereço, a me queimar os olhos, dia após dia.

Ele está agora no sofá, à minha esquerda, um pouco atrás de mim mas não o suficiente para ler o que escrevo. Aguarda.

Veio porque eu disse que temos de conversar, essa frase babaca, padrão, que ele não merece. Anteontem recebi novo cassete da empresa para a qual faço tradução de legendas para a televisão. Foi Tião quem me arranjou o contato. Já fiz a tradução dessa última encomenda. Não tenho mais dificuldade. Aprendi como dividir as falas, onde criar os pontos, as pausas de cada frase. Cada legenda tem duas linhas de trinta toques. Fica uns quatro segundos em média, na tela. Uso um programa chamado Systimes, que o próprio cliente me forneceu. Ganho uns duzentos, trezentos paus por filme. Não está mau. Já fiz este último. É o quinto ou sexto no mês. Acho que isso configura um trabalho estável. Amanhã irei ao escritório, na Rio Branco, para marcar o filme na ilha de marcação, cujo manuseio também aprendi. A ilha de marcação é um conjunto com computador, TV e VC, onde o mesmo Systimes, em outra versão, roda. Ali o programa aponta as legendas frame por frame, vinte e nove por segundo. Depois de amanhã, volto para fazer a revisão do trabalho que farei amanhã. E, depois de depois de amanhã, me mudo outra vez.

Nunca contei minhas coisas a Tião. Ainda na tarde daquele dia, no hotel, a primeira tarde das muitas que já passamos na cama, prometi contar coisas sobre mim. Não contei. Não vou contar. Tião nada sabe e ficará sem saber como nasceram, há muitos anos, eu ainda adolescente, a Shirley Marlone, os óculos escuros — que, aliás, ainda uso (não posso impedir que me olhem, mas posso impedir que vejam meu olhar, não é a mesma coisa mas ajuda). E também os seios de silicone que estou pensando em tirar. Afinal, estão tortos.

O que vai saber daqui a um minuto é que falei com Meire. Pode ser influência de um filme babaca que traduzi e que tinha dois personagens, dois *scumbags*, tive dificuldade em traduzir *scumbag*, muito amigos. Não amigos dessa lealdade que se vê entre marginais. Não, amigos de depois, quando tudo acaba, o golpe acaba, e que sentam juntos, num quarto mal-ajambrado, sozinhos e com uma luz fraca, para comer alguma coisa em silêncio.

Porque se conhecem muito, porque sabem tudo um do outro.

O silêncio com Tião é de quem não sabe.

(Ele nunca soube por que não consigo chamar minha mãe de mãe, só de Lili. Nem por que falo da minha irmã como se ela ainda estivesse viva.)

E, ele aqui, fecho a porta do banheiro quando, com a pinça, tiro os pêlos duros que ainda nascem (poucos) no meu queixo.

Tião nunca me perguntou nada, nunca, sobre a morte de Dô.

Algumas dessas coisas me deram vontade de ir embora. Ou a vontade sempre existiu, desde aquele dia, ou noite.

Serviria K. se eu ainda pensasse em K., mas não penso mais em K. Fiquei diferente, não sei se cabe a palavra *melhor*. Progresso, progressão, não sei se entendo o que quer dizer, não sei se sei fazer. Tenho ainda minhas velhas ansiedades, acho que as terei sempre, principalmente no meio da madrugada, como agora. Ou quando Tião perambula à minha volta sem notar minha vontade de ficar sozinha, de olhar uma vista que inclui pedaços de uma cidade, lá embaixo. Ou mesmo um escuro total. E que é justamente quando preciso me restringir, por causa da presença dele, ao quadrado preto de um computador. Nessas horas, vou até uma inútil janela. E procuro ver se torno a sentir, roçando nas minhas pernas, as abas de um casacão preto com forro de cetim vermelho.

Não tenho a menor idéia do que vai acontecer. Mas, como não tenho essa mesma menor idéia desde sempre, então tanto faz. Mas acho que de repente posso conseguir o que, percebo agora, sempre quis: a total banalidade. Nenhum olhar atento sobre mim, seduzido ou indignado. Nada. Não quero nada. No quadrado preto (preciso mexer em alguma tecla para manter Tião no sofá), me volta a imagem que nunca vi, a de Dô boiando na água. Tenho essa imagem, que na verdade nunca vi, e não tenho a outra. A de mim, me abaixando para pegar um revólver sujo de areia, semi-enterrado na areia, apontar esse revólver para Dô, para a bunda de Dô, que rebolava, afetada, enorme, tão parecida com a que eu não tinha quando eu também, caricato, ridículo, falso, rebolava para tentar ser alguma coisa, qualquer coisa.

Demorei um bilhão de anos para perceber que eu não precisava ser Dô.

Falei com Meire. Telefonei antes para o hotel, marquei o encontro.

Ela está mais contida, mais dura, será uma dessas pessoas que endurecem em vez de ficar velhas. Subi os degraus.

Fico sem fôlego, eu também mais velha.

Primeiro ela fala comigo da porta mesmo, não me manda entrar. Diz que Teresa afinal acabou por ir embora de vez, depois de mais um escândalo, e que ela está bem, sozinha. Tentamos um silêncio, mas não adianta, o assunto é um só.

Pergunto:

"E Dô?"

"Que é que tem?"

"Soube de mais alguma coisa?"

"Não."

E depois de uma pausa:

"Deve ter sido isso mesmo."

"O quê?", pergunto, rápida.

"Qualquer coisa."

E depois olha para mim como quem atira. As narinas tremem. Uma raiva. Diz:

"Bala. É o que eu acho."

Eu mal murmuro:

"Você me detesta."

Os ombros dela desmoronam.

"Gostaria de detestar mais."

Baixa os olhos, pelo meio das minhas lágrimas vejo que ela também chora. Digo:

"Olha, eu não..."

"Shhh, cale a boca."

Estamos de pé do lado de fora da porta da sua casa. Diz:

"Vamos sair."

Mas damos só alguns passos antes de desabar no chão sujo de terra, as costas apoiadas no muro, embaixo da inscrição azul já desbotada que diz: "Os guerreiros jamais serão esquecidos".

Ninguém sabe mais quem eram os guerreiros.

Naquele dia a subida, quando ela termina o expediente no restaurante, é quase igual a qualquer outra subida. Mas Meire tem problemas com a calça elástica que pôs por dentro do jeans, já apertado. Segura, então, na mão. Já não sabe o que fazer com aquilo. Mas não pode jogar fora simplesmente. As pessoas à sua volta estranhariam. Ao chegar, examina a calça enorme mais uma vez. Põe na frente do corpo, se olha no espelho. Depois põe na cabeça e imita a voz de Agrid, vou foder com você, Bibu, depois gira a calça no dedo, acaba jogando-a em cima da cama. Erra. Cai no chão. Ela pega. Meire começa a fazer o arroz. Olha o arroz na água, no fogo que ainda demora para levantar a fervura. Pega o revólver de Teresa, guardado numa gaveta, e põe o revólver contra a testa. Fica olhando o arroz com o revólver nessa posição. A tampa da panela começa a escorregar, e o líquido branco, gosmento, transborda. Ela fecha os olhos com força, o dedo vai para o gatilho. Agora o canto do fogão está completamente sujo, a fumaça já enche o quarto. Ela olha a sujeira, o revólver teso na mão, Teresa chega. Tem a briga.

Meire acaba que consegue sair. Na cintura, onde antes havia a calça elástica, traz o revólver. Teresa, ao entrar, não percebe que ela está com o revólver, e Meire acha que é mais prudente levá-lo do que deixar lá.

Estou há muito tempo com as costas apoiadas num muro, elas doem. Meire se cala. Ficamos em silêncio sei lá por quanto tempo.

Depois ela continua:

"Quando eu saí da praia de manhãzinha, já tinha esquecido do revólver. Ao dobrar o corpo nas pedras é que me lembro dele, me cutucando a barriga. Voltei uns passos, joguei para trás, em direção à areia. Tinha medo dele com Teresa. Mas não queria me desfazer de vez, jogando-o no mar."

E me informa, num adendo de aviso:

"Não vi ele ser apanhado."

"Meire, eu..."

"Já disse para você calar a boca."

Respira forte e controladamente, como se tivesse corrido uma maratona e precisasse voltar ao ritmo normal, seu corpo está coberto de suor. Quando olha para mim, está quase triste.

"Você parecia ter gostado dela."

Não respondo de imediato, e, quando enfim começo a responder, me interrompe, brusca:

"E você, me diz, o que tem feito, como tem se virado?"

Não conto. Apenas balanço a cabeça.

"Bubby?"

Não falo nada, ela sorri.

Depois diz:

"Olha, ninguém se agüentava em pé naquela noite. Foi muita bolinha, muito fumo, o vinho. Digo isso para mim todos os dias, todos, todinhos. Acho mesmo que é mais de uma vez por dia."

E depois de uma pausa:

"Foi bom você vir aqui, quem sabe agora aquela noite acaba de uma vez."

Parei de chorar, parei de tudo, estou só lá, existindo. Esqueci das minhas costas, e do muro.

Ela olha o relógio de pulso, assoa o nariz num lenço. Diz que precisa descer.

"Vamos, vá comigo até o 177."

Descemos a pé. Cumprimento um e outro, uns mais conhecidos que outros.

No ponto de ônibus ficamos as duas sentadas na mureta, vendo os ônibus passarem, acho que passaram todos, de todos os tipos.

Depois ela suspira, se levanta, faz um sinal.

Digo, rápida, com medo de que não dê, afinal, tempo.

"Escuta, não tem alguma vaga por aqui?"

A mão dela abaixa. Me olha. Já subiu os dois degraus. Seguro o ônibus firme, na trave, como se pudesse impedi-lo de arrancar. Diz:

"Tem, tem, sim."

A porta se fecha, ela espicha a cabeça na janela.

"Me telefona."

E acena já na curva.

Respondo ao aceno, feliz como poucas vezes estive.

Vou voltar. Está tudo arrumado. Fico pensando como será esta trepada. Acho que vai pintar. Será engraçado. Afinal, um homem e uma mulher, só que ao contrário. Ela tem a mão grande, muito lisa. Anos de detergente de pia alisaram sua mão de uma forma espantosa. Quase não há mais impressões digitais. Precisou refazer a carteira de identidade uma vez e foi muito difícil. Já era o método de leitura ótica. Voltou lá várias vezes, os dedos lambuzados de um creme para aumentar a pega.

Enquanto esperava Tião chegar, hoje, procurei uma coisa na internet. Estava para fazer isso há tempos. A data.

Em 10 de agosto de 2003, segundo a internet, alguém comprou um CD do Carbona e anunciou isso no seu blog. Houve um campeonato brasileiro de algum esporte não citado, talvez porque quem escreveu a nota achasse que todo mundo saberia do que se tratava. Uma imbecil lamenta que o Dia dos Pais não tenha sido tão lucrativo quanto o Dia das Mães. Aventa a possibilidade da crise econômica, mas conclui que o motivo verdadeiro é que há mais mães do que pais. Além disso, a Agremiação Acadêmica terminou em sexto lugar no campeonato de xadrez de Figueira da Foz.

Não havia nada sobre Dô, o hotel, o Vidigal. Nem no dia 10 nem no dia seguinte, nem no seguinte do seguinte e nos outros que abri até cansar.

ESTA OBRA FOI COMPOSTA PELA SPRESS EM ELECTRA E IMPRESSA
EM OFSETE PELA GRÁFICA BARTIRA SOBRE PAPEL PÓLEN BOLD
DA SUZANO PAPEL E CELULOSE PARA A EDITORA SCHWARCZ EM SETEMBRO DE 2006